楚辭天問箋

〔清〕丁晏 撰
黄靈庚 點校

楚辭要籍叢刊
主編 黄靈庚

上海古籍出版社

本書爲「十三五」國家重點圖書出版規劃項目
本書爲二〇一一—二〇二〇年國家古籍整理出版規劃項目
本書爲二〇一八年國家古籍整理出版資助項目
本書爲浙江師範大學一流學科建設、浙學與中華文化復興協同創新中心資助項目

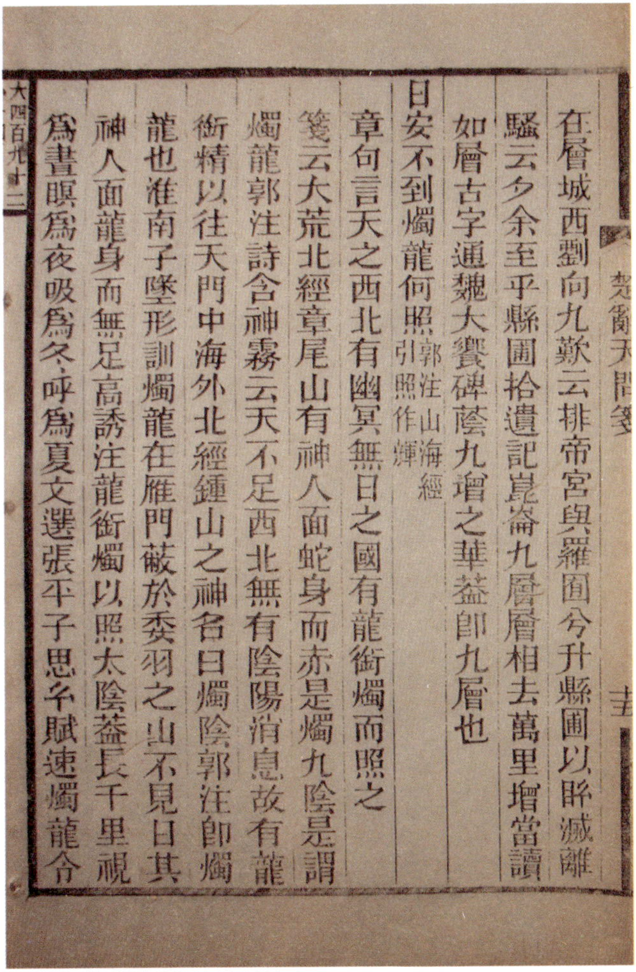

在層城西劉向九歎云排帝宮與羅囿兮升縣圃以眩滅離騷云夕余至乎縣圃拾遺記崑崙九層層相去萬里增當讀如層古字通魏大饗碑蔭九增之華蓋即九層也

日安不到燭龍何照郭注山海經引照作輝

章句言天之西北有幽冥無日之國有龍銜燭而照之

箋云大荒北經章尾山有神人面蛇身而赤是燭九陰是謂燭龍郭注詩含神霧云天不足西北無有陰陽消息故有龍銜精以往天門中海外北經鍾山之神名曰燭陰郭注即燭龍也淮南子墜形訓燭龍在雁門北蔽於委羽之山不見日其神人面龍身而無足高誘注龍銜燭以照太陰蓋長千里視爲晝瞑爲夜吸爲冬呼爲夏文選張平子思玄賦速燭龍令

《楚辭天問箋》光緒廣雅書局本書影

楚辭要籍叢刊導言

黃靈庚

楚辭首先是詩，與詩經是中國詩歌史上的兩大派系，好比是長江與大河，同發源於崑崙山，然後分南北兩大水系。大河奔出龍門，一瀉千里，蜿蜒於中原大地，孕育出帶上北國淳厚氣息的國風；而長江闖過三峽，九曲十灣，折衝於江漢平原，開創出富有南國絢麗色彩的楚辭。

「楚辭」這個名稱，始於漢代，是漢人對於戰國時期南方文學的總結。「楚辭」既指繼承詩經之後，在南方楚國發展起來的新體詩歌，標誌着中國文學又進入了一個輝煌的時代；又是中國詩歌由民間集體創作進入了詩人個性化創作的時代，而屈原無疑是創作這種新歌體的最傑出的代表，創造出了「驚采絶豔，難與並能」的離騷、九歌、天問、九章、遠遊、卜居、漁父等不朽的名作。

屈原的弟子宋玉、景差及入漢以後的辭賦作家，承傳屈原開創的詩風，相繼創作了九辯、招魂、大招、惜誓、招隱士、七諫、哀時命、九懷、九歎、九思等摹擬騷體之作，被後世稱之爲「騷體詩」。據説是西漢之末的劉向，將此類詩賦彙輯成一個詩歌總集，取名爲「楚辭」。再以後，東漢王逸爲劉向的這個總集做了注解，這就是至今還在流傳的王逸楚辭章句十七卷的本子，是現存的最早的楚辭文獻，也是我們今天學習楚辭最好的讀本。

「楚辭」之所以名「楚」，表明瞭所輯詩歌的地方特徵。宋黄伯思業已指出，「蓋屈、宋諸騷，皆書楚語，作楚聲，紀楚地，名楚物，故可謂之『楚詞』。若些、只、羌、誶、蹇、紛、侘傺者，楚語也；頓挫悲壯，或韻或否者，楚聲也；沅、湘、江、澧、修門、夏首者，楚地也；蘭、茞、荃、葯、蕙、若、蘋、蘅者，楚物也；他皆率若此，故以『楚』名之」。其雖然説出了「楚辭」所以名「楚」的緣由，而没有進一步指出名「辭」的來歷。辭，也可以寫作「詞」。楚辭詩句之中都有感歎詞「兮」字。這個「兮」字，古人統歸屬於「詞」，古音讀作「呵」，是最富於表達、抒發詩人的情感的感歎詞。這也是楚辭句式的顯著特點。「楚辭」之又所以稱「辭」，是與用了這個「兮」字有關係。

楚辭的句式比較靈活，四言、五言、六言、七言不等，參差變化，不限一格，一改詩經以四言爲主的呆板模式。詩經的篇章結構以短章重疊爲主，短則數十字，長則百餘字，内容相對單一，只截取生活中一個片斷，無法叙述比複雜、曲折、完整的故事。楚辭突破了這個局限，像離騷這樣的宏篇巨製，洋洋灑灑，三百七十三句，二千四百九十字，至今仍是最偉大的浪漫主義抒情長詩，表現了詩人自幼至老，從參與時政到遭讒被疏，極其曲折的生命歷程；撫今思古，上天入地，抒瀉了在較大時空跨度中的複雜情感。從音樂結構分析，楚辭和詩經一樣，原本都是配上音樂的樂歌。詩經只是一遍又一遍的短章重複演奏，而楚辭有「倡曰」、「少歌曰」、「重曰」，表示樂章的變化，比詩經豐富得多。最後一章，必是衆樂齊鳴，五音繁會，氣勢宏大的「亂曰」。

楚辭的地方特徵，不僅僅是詩歌形式上的變化和突破，更重要的在於精神內容方面的因素。南國楚地三千里，風光秀麗，山川奇崛，楚人既沾濡南國風土的靈氣，又秉習其民族素有「剽輕」的遺風，陶鑄了楚人所特有的品格。楚辭更是「得江山之助」，在聲韻、風情、審美取向、精神氣質等方面，無不深深地烙上了南方特色的印記，染上了濃厚的「巫風」、神怪氣象，動輒駕龍驂鳳，驅役神鬼，遨遊天庭，無所不至。至其抒發情感，激越獷放，一瀉如注，較少淳厚平和的理性思辨，和中原文化所宣導的「不語怪力亂神」、「温柔敦厚」風氣比較，確實有些區別。

屈原是一位富於創造精神的文化巨匠，他置身於大河、長江的崑崙源頭，俯視於南北文化交融的臨界綫。一方面既保持着楚人特有民族性格，自强不息的精神面貌，富有想象的浪漫情調；另一方面又廣泛吸取、融會中原的理性思想，繼承詩經的道德傳統精神。故而在他的作品中，儘管有大江兩岸、南楚沅湘的旖旎風光、濃豔色彩，但幾乎不曾提到楚國的先王先賢，而連篇累牘的都是爲中原文化所公認的歷史人物：堯、舜、禹、湯、啓、后羿、澆、桀、紂、周文王、武王、臯陶、伊尹、傅説、比干、吕望、伯夷、叔齊、甯戚、伍子胥、百里奚等。在屈原的神話傳説中，除九歌中的湘君、湘夫人、山鬼三篇外，像太一、雲中君、東君、司命、河伯、女岐、望舒、雷師、屏翳、伏羲、女媧、虙妃等，都不是楚國固有的神靈，也没有一個是楚人所獨有的神話故事。離騒開頭稱自己是「帝高陽之苗裔」，高陽是黄帝的孫子，其發祥之地，在今河南省的濮陽，不也是中原人的先祖嗎？總之，楚辭是承接詩經之後的一種新詩體，二者同源於大中華文化，是不能割切開來的。更不能説，楚辭是獨立於中華文化以外的另一文化系統。如果片面强調楚辭的地域性、獨立性，也是不妥當的。

楚辭對於後世文學創作的影響是非常巨大的，像司馬遷、揚雄、張衡、曹植、阮籍、郭璞、陶淵明、李白、杜甫、李賀、李商隱、蘇軾、辛棄疾等各個歷史時期的名家巨子，沿波討源，循聲得實，都不同程度地從屈原的辭賦中汲取精華，吸收營養，形成了一個與詩經並峙的浪漫主義傳統的創作風格。在中國文學史上，後世習慣上説「風、騷並重」，指的是現實主義和浪漫主義的兩大傳統精神。由此想見，屈原對於中國文學的偉大貢獻是無與倫比的，屈騷傳統精神更是永恒不朽的。

正因如此，研究中國詩學，構建中國文學史及中國文化史，楚辭無論如何是繞不開的。而讀楚辭、研究楚辭，必須從其文獻起步。據相關書目文獻記載，自東漢王逸楚辭章句以來至晚清民初的兩千餘年間，各種不同的楚辭注本大約有二百十餘種。綜觀現存楚辭文獻，大抵以王逸章句與朱熹集注爲分界：在朱熹集注以前，基本上是承傳王逸章句，而明、清以後，基本上是承傳朱子集注。由我主編且於二〇一四年國家圖書館出版社出版的楚辭文獻叢刊，輯集了二百〇七種，應該蒐録的注本，基本上已彙輯於其中了。遺憾的是，由於這部叢書部帙巨大，發行量也極有限，普通讀者很難看到。且叢書爲據原書的影印本，没作校勘、標點，對於初學楚辭者，尤爲不便。

有鑑於此，我們與上海古籍出版社合作，從中遴選了二十五種，均在楚辭學史上具有影響，爲楚辭研究者必讀之作，分別予以整理出版，滿足當下學術研究的需要，而顔之曰楚辭要籍叢刊。其二十五種書是：漢王逸楚辭章句，宋洪興祖楚辭補注，宋朱熹楚辭集注，宋吴仁傑離騷草木疏，清祝德麟離騷草木疏辨證，宋錢杲之離騷集傳，明汪瑗楚辭集解，明陸時雍楚辭疏，明周拱辰離騷草木史，明陳第屈宋古音義，明黄文焕楚辭聽直，清林雲銘楚辭燈，清王夫之楚辭通釋，清丁晏楚辭天問箋，清蔣驥山帶閣注楚辭，清戴震屈原賦注附初稿本，清胡濬源楚辭新注求確，清陳本禮屈辭精義，清劉夢鵬屈子楚辭章句，清朱駿聲離騷賦補注，清王闓運楚辭釋，清馬其昶屈賦微附初稿本屈賦晢微，日本西村時彦楚辭纂説、屈原賦説，日本龜井昭陽楚辭玦等。參與點校者，皆多年從事中國古典文獻研究、尤其是楚辭文獻研究，是學養兼備的「行家裏手」，其對於所承擔整理的著作，從底本、參校本的選定，出校的原則及其前言的撰寫等，均一絲不苟，功力畢現，令人動容。但是，由於經驗、水平不足，受到各種條件限制（如個別參校本未能使用），且多數作品爲首次整理，頗有難度，因而存在各種問題，在所難免，其責任當然由我這個主編來承擔。敬請讀者批評指瑕，便於再版改正。

前　言

黄靈庚

楚辭天問箋者，清丁晏之所作也。晏字儉卿，又字柘堂，晚號石亭居士。江蘇山陽人。道光元年舉人，初不樂仕進，以教課、講學爲事，先後主講於淮安文津書院、麗正書院。咸豐中，承辦地方團練等事務，官至内閣中書，加三品銜。晏博通經術，尤好鄭氏學，毛詩箋、三禮鄭注研討甚深，著有毛鄭詩釋、三禮釋注、孝經述傳、尚書餘論、禹貢集釋、鄭氏詩譜考正、周易解故、周易訟卦淺説、周易述傳、易林釋文、山陽詩徵、山陽縣志等四十七種，凡一百三十六卷。頤志齋叢書收二十二種，餘皆未刊。事載清史稿卷四百八十二儒林、清史列傳卷六十九儒林及清儒學案卷一百六十柘堂學案。

丁氏際天下崩析、内外亂作，目覩清廷綱紀不振，外侮於英夷，内折於髮寇，而朝中官僚以自保爲計，苟且偷安，不思圖强自奮，國事日非，幾於危亡。於是有激於屈子之忠義精神，以勵士氣。稱「屈子以直行竭忠，被讒憂憤，悼古人之不作，懼來者之難明，述箋申義，感慨係之」云，乃有是書之作。「創始于嘉慶丁丑，屬草牏定，藏於篋中，迄今三十有七年，覆加審定，繕寫成書」云云。則丁氏是書之作，前後經歷三十七載，非倉促苟合者可比，其用力之勤，用意之周，可謂至矣。

首有丁氏作於咸豐四年甲寅自叙，天問乃「屈子呵壁之所爲作也」。乃據王逸舊序「楚有先王之廟及公卿祠堂，圖畫天地山川神靈，琦瑋僪佹，及古賢聖怪物行事」云云，大肆臚列書證以徵其説，稱「壁之有畫，漢世猶然。漢魯殿石壁及文翁禮殿圖，皆有先賢畫像。武梁祠堂有伏戲、祝誦、夏桀諸人之像。漢書成帝紀甲觀畫堂畫九子母，霍光傳有周公負成王圖，叙傳有紂醉踞妲己圖。後漢宋弘傳有屏風畫列女圖，王景傳有山海經、禹貢圖。古畫皆徵諸實事，故屈子之辭，指事設難，隨所見而出之，故其文不次也」。則晏之作解，一以漢師爲依據，其視疑「呵壁」爲虛幻無根之説者，不啻勝於萬萬矣。且開後世據出於先秦楚墓之圖畫與天問相驗證之途徑。

是書體例，於天問正文下首列王逸天問章句，次列己之所箋文，蓋「仿鄭箋申毛之例，因章句而爲箋」也。凡「叔師義有隱滯，箋以表明；亦有不依章句者，如鄭箋與毛異義，是其例也」。則知是書之釋義，無非明章句之「隱滯」，或者發章句之「異義」兩端云爾。

明章句之「隱義」者，如：「九州何錯？川谷何洿？東流不溢，孰知其故？」章句云：「錯，置也。洿，深也。言九州錯厠，禹何所分別之？川谷於地，何以獨洿深乎？百川東流，不知滿溢，誰有知其何故也？」然則何者爲「川」？何者爲「谷」？東流所歸又在何處？皆未詳所指。丁氏則旁徵博引，詳證其所未明者，云：「書益稷：『予決九川。』傳：『決九州名川，通之至海。』禹貢：『奠高山大川。』傳：『大川，四瀆。』蔡邕月令章句：『衆流注海曰川。』吕氏春秋有始覽：『何謂六川？河水、赤水、遼水、黑水、江水、淮水。通谷六，名川六百。』爾雅釋水：『注川曰谿，注谿曰谷。』老子道德經：『江海所以能爲百谷王者，以其善下』也。」案：其皆所以疏「川」、「谷」之義也。又云：「莊子秋水篇：『天下之水，莫大於海，萬川歸之，不知何時止而不盈；尾閭泄之，不知何時已而不虚。』釋文引崔云：『尾閭，海東川名。』天地篇：『諄芒將東之大壑。』釋文引李云：『東海也。』列子：『渤海之東，有大壑焉，其下無底，名曰歸墟。八紘九野之水，天漢之流，莫不注之。』天對有『東窮歸墟』之説，蓋本諸列圉寇。山海經大荒東經：『東海之外大壑。』郭注：『詩含神霧曰：「東注無底之谷。」謂此壑也。』郭璞江賦：『淙大壑與沃焦。』李善注引玄中記曰：『天下之大者，東海之沃焦焉，水灌之而不已。』虞厚合璧事類引山海經云：『沃焦在碧海之東，有石闊四萬里，居百川之下，故又名尾閭。』今山海經無此文。文選嵇叔夜養生論：『或益之以畎澮，而泄之以尾閭。』李善注引莊子司馬彪曰：『尾閭，水之從海水出者也。一名沃燋，在東大海之中。尾者，在百川之下，故稱尾。閭者，聚也。水聚族之處，故稱閭也。在扶桑之東有一石，方圓四萬里，海水注者，無不燋盡，故名沃燋。』」案：尾閭、沃焦，皆百川所歸，其所以釋「東流不溢」之義也。近人朱季海楚辭解故亦爲此説，然則在丁氏後矣。又，「湯出重泉，夫何辠尤？不勝心伐帝，夫誰使挑之？」章句云：「重泉，地名也。言桀拘湯於重泉而復出之，夫何用罪法之不審也？帝，謂桀也。言湯不勝衆人之心，而以伐桀，誰使桀先挑之也？」然王氏言「不勝心」之義，終不顯白矣。丁氏云：「太公金匱：『桀怒湯，用諛臣趙梁計，召而囚之均臺，寘之重泉。湯行賂，桀釋之。』『不勝心』者，不快於衆心也。書稱衆言汝后『不恤我衆，舍我穡事，而割正夏』是也。言湯既不勝衆人之心，而猶且伐帝者，果孰挑之使伐耶？意謂雖伊尹導之，而亦湯之自爲，非由夫人挑之也。挑者，引動之意，猶孟子所云『要湯』，史記所云『干湯』也。」案：則是所以發微所謂王注「隱滯」者也。

丁氏與章句「異義」而別爲之解者，如，「鴟龜曳銜，鯀何聽焉？順欲成功，帝何刑焉？」章句云：「言鯀治水，績用不成，堯乃放殺之羽山，飛鳥水蟲曳銜而食之，鯀何復能不聽之乎？帝，謂堯也。言鯀設能順衆人之欲而成其功，堯當何爲刑戮之乎？」王氏以「曳銜」爲狀言水蟲曳銜爭食之意。丁氏未以爲然，乃設爲別解，云：「柳子天對云：『胡離厥考，而鴟龜肆喙？』路史餘論引古岳瀆經：『禹治水，獲淮、渦水神，名巫支祈。授之童律，不能制；授之烏木田，不能制；授之庚辰，能制。鴟脾、桓胡、木魅、水靈、山妖、石怪，庚辰持戟逐去。』『鴟龜曳銜』，蓋謂怪物之爲祟者，鯀何以聽之而不治乎？周拱辰別注：『經稱「鯀堙洪水」，國語又稱「其墮高堙卑」，蓋鯀築長堤如鴟龜之曳尾相銜者然。程子曰：「今河北有鯀堤而無禹堤。」通志：「堯封鯀爲崇伯，使之治水，乃興徒役作九仞之城。」又，淮南子：「鯀作三仞之城，諸矦悖之。」史稽曰：「張儀依龜跡築蜀城。」非猶夫崇伯之智也？』」則以「鴟龜曳銜」爲狀言鯀治水之築堤之法，甚有創意，且與章句所謂「水蟲曳銜而食之」之說大相徑庭也。又，「康回馮怒，墜何故以東南傾？」章句云：

「康回，共工名也。淮南子言：『共工與顓頊爭爲帝』，不得，『怒而觸不周之山』，天維絶，地柱折，故東南傾。』」王氏説共工爭帝之事甚爲簡略，且未詳所以名「康回」之義。丁氏乃博引淮南子、列子、路史發揮、江淹遂古篇、柳子晉問、抱朴子、楊泉物理論、張華博物志、文選劉孝標辨命論等典籍載言共工事，幾無餘闕，蓋以補王注疏略。又云：「康回，當作『庸回』，字形相近誤也。左傳文十八年：『靖譖庸回』，『天下之民謂之窮奇』。杜預注：『庸，用也。回，邪也。』『謂共工。其行窮，其好奇。』『靖譖庸回』，猶堯典之『靖言庸違』也。康成注書以爲共工名氏，未聞。叔師以『康回』爲共工名，恐非。王圻三才圖會：『共工死，子康回襲。』黑龍氏亦曰共工。亦傅會之説也。」則以「康回」爲「庸回」之訛，因共工德行爲名。是所謂與章句「異義」者也。

是書復引名「崧」者之注，每每據陳本禮屈辭精義以補箋之未備者，原書雙行小字排版（今改单行小字）。如，「焉有龍虯，負熊以遊？」於丁氏箋下補云：「崧案：陳本禮引外紀：『皇帝有熊氏嘗乘斑龍四巡。』列仙傳：『有熊鼎成，乘龍上升。』可補引之。」又，「帝降夷羿，革孽夏民；胡躲夫河伯，而妻彼雒嬪？」於箋下補云：「崧案：陳本禮云：『竹書帝芬十六年：「雒伯用與河伯馮夷鬭。」河、雒，二國名。伯其爵；嬪其妃耳。羿恃善射，殺河伯，奪其國；又殺雒伯而淫其妃也。』」或夾於丁氏箋文中，多爲訓詁字義，蓋以補丁氏所未備者，然未署「崧案」二字，未審是否亦「崧」所爲。如，「何由並投」之「投」，丁箋但訓「棄」，則於是訓下補云：「左傳文十八年：『投諸四裔，以禦魑魅。』杜注：『投，棄也。』」語是寥寥，亦頗可觀。

綜觀丁氏是書之優者有三：一是據考古以揭櫫本旨，凡王氏章句叙古事未顯或過於疏簡之處，則爲援引古籍詳證之，既明其所出，又藉此以增廣見識。如，「女岐無合，夫焉取九子？」章句云：「女岐，神女，無夫而生九子也。」其説甚簡，且不明出處所在。丁氏云：「女岐，或稱岐母，或稱九子母。吕氏春秋有始覽諭大篇：『地大則有常祥、不庭、岐母、羣抵、天翟、不周。』高誘注以『岐母』爲獸名，非也。漢書成帝紀：『元帝在太子宫，坐甲觀畫堂。』顏注引應劭曰：『畫堂畫九子母。』天問本依圖畫而作，意古人壁上多畫此像。西漢去古未遠，猶沿此制。應氏之説是也。内典亦有九子母，蓋古有是説，釋氏更從而傅會耳。荆楚歲時記：『四月八日，長沙寺閣下九子母神。是日，無子者供養薄餅以乞子，往往有驗。』」其以吕覽及漢書載九子母畫像徵驗天問是問因於壁畫，尤爲有見矣。又，「羲和之未揚，若華何光？」章句曰：「羲和，日御也。言日未揚出之時，若木何能有明赤之光華乎？」至爲簡略，且既以「羲和」爲「日御」，而注文又爲指日，兩岐之説。丁氏箋：「大荒南經：『東南海之外，甘水之間，有羲和之國。有女子名曰羲和，方日浴於甘淵。羲和者，帝俊之妻，生十日。』郭注：『羲和，蓋天地始生，主日月者也。故啓筮曰：「空桑之蒼蒼，八極之既張，乃有夫羲和，是主日月，職出入以爲晦明。」又曰：「瞻彼上天，一明一晦，有夫羲和之子，出於陽谷。」故堯因此而立羲和之官，以主四時。』事類賦引淮南子：『爰止羲和，爰息六螭。』注曰：『日乘車，駕以六龍，羲和御之。』今本天文訓脱此文。晉書律志：『黄帝使羲和占日。』廣雅：『日御曰羲和。』大荒北經：『大荒之中，有衡石山、九陰山、洞野之山，上有赤樹，青葉赤華，名曰若木。』郭注：『生崑崙西，附西極，其華光赤，下照地。』海内經：『南海之内，黑水、青水之間，有木名曰若木。』郭注：『樹赤華青。』南山經：『有木焉，其花四照。』郭注：『若木華赤，其光照地。』亦此類。淮南子墬形訓：『若木在建木西，末有十日，其華照下地。』高注：『末，端也。若木端有十日，狀如蓮華，光照其下。』揚子雲甘泉賦：『飲若木之露英。』張平子思玄賦：『躔建木於廣都兮，摭若華而躊躇。』文選遊天台山賦：『羲和亭午。』離騷云：『折若木以拂日兮。』」大抵古籍載言「羲和」、「若華」之文，盡備於此。而「羲和」、「若木」神話之源流及演變之跡，可得按跡求其仿佛。且雖「羲和」一名，有主日者、有生日者、有徑爲日陽名者、有日御者，其於天問所言，當以日陽名者爲允，而非指日御也。

二是字義訓詁之事，斟酌王注而爲疏解，不爲後世妄加駁議者所惑。如，「雄虺九首，儵忽焉在？」章句云：「虺，蛇別名也。儵忽，電光也。言有雄虺，一身九頭，速及電光，皆何所在乎？」柳宗元天對自注云：「儵忽，在莊子義甚明。王逸以爲電，非也。」丁氏云：「招魂云：『雄虺九首，往來儵忽，吞人以益其心些。』叔師彼注：『儵忽，疾急貌也。言復有雄虺一身九頭，往來奄忽，常喜吞人魂魄以益其心，賊害之甚也。』漢書揚雄傳：『電倏忽於牆藩。』師古曰：『倏忽，電光也。』文選甘泉賦作『儵忽』，李善注：『倏忽，疾貌。』西京賦：『倏忽奇幻，易貌分形。』蜀都賦：『碧雞儵忽而曜儀。』思玄賦：『辰儵忽而不再。』李善注皆謂疾。莊子大宗師篇：『翛然而來，翛然而往而已矣。』釋文：『本又作「儵」，徐音叔，司馬云：「儵，疾也。」李同。』又，九歌：

『儵而來兮忽而逝。』章句謂『往來奄忽』。宋玉九辯：『羌儵忽而難當。』章句謂『行去疾亟』。則此文亦言雄虺疾急，莫測其往來之所在，與招魂正一類。叔師儵忽爲電光，狀其疾也。」丁氏疏章句之義，以正後人之誤，辯明「儵忽」之訓「電光」或「急疾」，實引申之事，本爲一義，非王氏不知「急疾」之訓。斯可謂是王逸功臣矣。

三是詮釋字義，時有所發明，揭櫫新義。或者得於校勘者，如：「簡狄在臺嚳何宜？玄鳥致貽女何喜？」喜，一作「嘉」。章句云：「簡狄，帝嚳之妃也。玄鳥，燕也。貽，遺也。言簡狄侍帝嚳於臺上，有飛燕墮遺其卵，喜而吞之，因生契也。」則似作「喜」字。然則喜、宜不協韻，舊本當作「嘉」。丁氏云：「續漢書禮儀志『祠高禖』劉昭補注引離騷云：『玄鳥致貽女何嘉。』引王逸注亦作『嘉而吞之』。」則意謂劉昭所見舊本固作「嘉」字矣，後則訛作「喜」字耳。嘉、宜同屬歌韻，其校當可定讞。或者得於字義詁訓者，如：「白蜺嬰茀，胡爲此堂？安得良藥，不能固臧？」章句云：「蜺，雲之有色似龍者也。茀，白雲逶移若蛇者也。言此有蜺茀氣逶移相嬰，何爲此堂乎？蓋屈原所見祠堂也。臧，善也。言崔文子學仙於王子僑，子僑化爲白蜺而嬰茀，持藥與崔文子。崔文子驚怪，引戈擊蜺，中之，因墮其藥，俯而視之，王子僑之尸也，故言得藥不善也。」丁氏云：「『白蜺嬰茀』，此盛言姮娥之裝飾也。蜺與霓同，猶月中霓裳羽衣。九歌東君云：『靈之來兮蔽日，青雲衣兮白霓裳。』九歎逢紛：『薜荔飾而陸離薦兮，魚鱗衣而白霓裳。』以騷辭本文證之，知其確矣。嬰茀，婦女首飾。荀子富國篇：『處女嬰寶珠。』楊倞注：『嬰，繫於頸也。』說文：『嬰，頸飾也。从女、朋。朋，其連也。』易既濟『婦喪其茀』，馬融云：『茀，首飾也。』見釋文。『胡爲』者，訝之之辭。言此豔裝濃飾，胡爲而畫於此祠堂也。」丁氏復以下二句爲言嫦娥竊藥奔月事，問言「何從得此良藥，致奔入月中，不能自固以善其身也」。其説後爲郭沫若等采用發揮之，且謂堂即裳。是四句問嫦娥衣飾，庶幾亦定讞矣。又，「彭鏗斟雉帝何饗」，章句以「斟雉」爲「好和滋味，善斟雉羹」。後世多從其解。丁晏箋云：「後漢書方術冷壽光傳：『常屈頸鷮息。』章懷注引毛萇注曰：『鷮，雉也。』則知『斟雉』爲導引之術也。」其説是也，且發前所未發。或者發言外寄寓微詣。如，「到擊紂躬，叔旦不嘉。何親揆發，定周之命以咨嗟？」章句云：「言周公於孟津，揆度天命，發足還師而歸。當此之時，周之命令已行天下，百姓咨嗟，歎而美之也。」以「咨嗟」歸諸「百姓」，當非其義。丁晏箋云：「言武王擊紂之時，公把大鉞，輔翼甚忠。何管、蔡肆其流言，而忽疑公之不嘉耶？『不嘉』者，猶金縢云『不利』也。以揆謀發策之勳，躬佐大命，而不免居東，作詩咨嗟太息，甚矣讒言之易惑也！忠而被讒，豈獨周公哉？屈子所爲自況也。」周公有功而遭讒見放，屈子以忠而被謗棄斥，異代同悲。天問誠非徒陳往古舊跡之語，蓋有所寓興也。

丁氏徵引古籍似不甚謹嚴，多有支解剥裂之事。如，路史餘論卷九「無支祈」條引古岳瀆經：「禹治水，獲淮、渦水神，名巫支祈。授之童律，童律不能制；授之烏木田，烏木田不能制；授之庚辰，庚辰能制。鴟脾、桓胡、木魅、水靈、山妖、石怪奔號叢繞者以千數，庚辰以戰遂去。」而丁氏箋引此文，脱後「童律」、「烏木田」、「庚辰」，又脱「奔號叢繞者以千數」，又誤「戰」字作

「戟」，令引文幾不能卒讀矣。或訛脱天問正文而未及校者。如，「受禮天下，又使至代之？」丁氏箋本無「至」字，蓋未審「至」即通「摯」，指伊摯也。無「至」字則不辭之甚。字義訓詁，間有未審者。如，「湯謀易旅，何以厚之」之「湯」，王逸訓「殷湯」，自是確詁。而丁氏改訓「湯」爲「盪」、「蕩」，訓大。謂指澆盪舟謀夏事。非也。又，「該秉季德，厥父是臧」至「何變化以作詐，而後嗣逢長」十二問，本述殷先王季、亥、恒、微數世之事，毛奇齡、劉夢鵬皆已發之，而後王靜安據殷商甲骨文證之，其義遂以大顯。王注誤以夏啓、有扈氏及晉大夫解居甫之事解之，丁氏未能辯明，反徵以季札、簡狄、姜嫄諸事强解之，則愈解愈歧，其離本旨亦愈遠矣。

丁氏天問箋爲有清之世解天問之名作，然至今未嘗點校梓印。其原稿藏於臺灣中央圖書館，不易見也。其傳世刻本，見有咸豐四年刻本及廣雅書局光緒年間刊本。今即以廣雅本爲底本，咸豐本爲參校本，校勘僅改訛字。若二本皆訛，則天問正文及叔師章句，參校洪興祖補注或朱熹集注；若箋注引文有明顯訛字，據原書是正焉。爲反映底本原貌，異體字、俗體字、古字等，酌情保留。不當未密之處，惟祈質諸高明。

總目

楚辭天問箋叙

楚辭天問，屈子呵壁之所爲作也。楚有先王之廟及公卿祠堂，畫古賢聖神靈瑰瑋僪佹之形，屈子仰見圖畫，一一呵而問之，以寫其忿懟牢愁之志，所爲痛極而呼天也。何以知其呵壁也？壁之有畫，漢世猶然。漢魯殿石壁及文翁禮殿圖，皆有先賢畫像。武梁祠堂有伏戲、祝誦、夏桀諸人之像。漢書成帝紀甲觀畫堂畫九子母，霍光傳有周公負成王圖，叙傳有紂醉踞妲己圖。後漢宋弘傳有屏風畫列女圖，王景傳有山海經、禹貢圖。古畫皆徵諸實事，故屈子之辭，指事設難，隨所見而出之，故其文不次也。東漢順帝時，侍中王叔師撰爲章句。叔師叙稱「天問多奇怪之事，劉向、揚雄援引傳記以解説之，闕者甚多，不能詳悉」。今子政、子雲之説久佚不傳，叔師依據舊文，章決句斷，注天問者，莫古於是書矣。蒙不揣謭陋，仿鄭箋申毛之例，因章句而爲箋。叔師義有隱滯，箋以表明；亦有不依章句者，如鄭箋與毛異義，是其例也。箋義創始於嘉慶丁丑，屬草㨗定，藏於篋中，迄今三十有七年，覆加審定，繕寫成書。屈子以直行竭忠，被讒憂憤，悼古人之不作，懼來者之難明，述箋申義，感慨係之。咸豐甲寅冬十月，淮安山陽丁晏自叙。

楚辭天問箋

山陽丁晏譔

天問章句

王逸曰：天問者，屈原之所作，何不言「問天」？天尊不可問，故曰「天問」也。屈原放逐，憂心憔悴，彷徨山澤，經歷陵陸，嗟號旻昊，仰天歎息。見楚有先王之廟及公卿祠堂，圖畫天地山川神靈，琦瑋僪佹，及古賢聖怪物行事，周流罷倦，休息其下。仰見圖畫，因書其壁，呵而問之，以渫憤懣，舒瀉愁思。楚人哀惜屈原，因共論述，故其文義不次叙云爾。

曰：遂古之初，誰傳道之？

章句：遂，往也。初，始也。言往古太始之元，虚廓無形，神物未生，誰傳道此也。

箋云：文選典引云：「伊考自遂古，乃降戾爰兹。」魯靈光殿賦云：「上紀開闢，遂古之初。」江淹有遂古篇。

上下未形，何由考之？

章句：言天地未分，溷沌無垠，誰考定而知之？

冥昭瞢闇，誰能極之？

章句：言日月晝夜，清濁晦明，誰能極知之？

箋云：續漢書天文志注引張衡靈憲儀曰：「太素之前，幽清玄静，寂寞冥默，不可爲象，斯謂溟涬。」

馮翼惟像，何以識之？

章句：言天地既分，陰陽運轉，馮馮翼翼，何以識知其形像乎？

箋云：淮南子天文訓：「天地未形，馮馮翼翼，洞洞灟灟，故曰大昭。」高誘注：「馮翼、洞灟，無形之貌。」又精神訓：「古未有天地之時，惟像無形。」高誘注：「惟，思也。」

明明闇闇，惟時何爲？

章句：言純陰純陽，一晦一明，誰造爲之乎？

陰陽三合，何本何化？

章句：謂天地人三合成德，其本始何化所生乎？

箋云：穀梁莊三年傳：「獨陰不生，獨陽不生，獨天不生，三合然後生。」

圜則九重，孰營度之？惟兹何功，孰初作之？度，待洛反。

章句：謂天圜而九重，誰營度而知之乎？言此天有九重，誰功力始作之耶？

箋云：管子：「大圜在上。」注：「大圜，天也。」淮南天文訓：「天有九重。」漢書禮樂志「九重開靈之斿」，師古曰：「天有九重。」又謂之九垓。漢書司馬相如傳「上暢九垓」，服虔曰：「垓，重也。天有九重。」又謂之九乾。後漢書崔駰傳「仰探遠乎九乾」，注謂「天有九重也」。江氏永曰：「日、月、五星、恒星，各居一重，並太虛之天，爲九重。」泰西利瑪竇曰：「九重者，宗動、恒星、土星、木星、火星、日輪、金星、水星、月輪，九層堅實，相包如葱頭然。」

斡維焉繫，天極焉加？斡，一作幹，亦作筦，並音管。匡謬正俗引此文作「筦」。

章句：斡，轉也。維，綱也。言天晝夜轉旋，寧有維綱繫綴，其際極安所加乎？

箋云：説文：「斡，蠡柄也。从斗、倝[一]聲。揚雄、杜林説皆以爲軺車輪斡[二]。」班固幽通賦「斡流遷其不濟兮」，項岱曰：「斡，轉也。」淮南子：「帝張四維，運之以斗。」事類賦引河圖括地象曰：「天有四維。」管子：「天或維之。天莫之維，則天以墜矣。」莊子天運篇：「天其運乎？」「孰主張是？孰綱維是？」「意者其有機緘而不得已耶？意者其運轉而不能自止耶？」宋玉大言賦「壯士憤兮絶天維」。張衡西京賦「振天維，衍地絡」。後漢書馮衍傳：「覽天地之幽奥兮，統萬物之維綱。」東方朔七諫「引八維以自導兮」，章句：「天有八維，以爲綱紀也。」續漢書天文志：「八極之維，徑二億三萬二千三百里。」案：天極，即南、北極也。呂氏春秋有始覽：「極星與天俱遊，而天極不移。」禮記月令正義曰：「天，北高南下，北極高於地三十六度，南極下於地三十六度，常没不見。南極去北極一百八十一度餘。」書舜典正義引王蕃渾天説云：「北極出地上三十六度，南極入地下三十六度。」

八柱何當？東南何虧？

章句：言天有八山爲柱，皆何當値？東南不足，誰虧缺之？

箋云：河圖括地象曰：「地下有八柱，互相牽制。」後漢張衡傳注引河圖曰：「地有九州八柱。」抱朴子：「地下有八柱，廣十萬里，有三千六百軸，互相牽制，名山大川，孔穴相通。」王嘉拾遺記：「繞八柱爲一息，經四軸而暫寢。」事類賦引關令内傳：「地厚萬里，其下得大空。大空四角下有自然金柱，輒方圓五千里。」博物志又言：「地下有四柱，四柱廣十萬里。」

九天之際，安放安屬？

章句：九天，東方皞天，東南方陽天，南方赤天，西南方朱天，西方成天，西北方幽天，北方玄天，東北方變天，中央鈞天。其際會何分？安所屬繫乎？

箋云：呂氏春秋有始覽：「何謂九野？中央曰鈞天，東方曰蒼天，東北曰變天，北方曰玄天，西北曰幽天，西方曰顥天，西南曰朱天，南方曰炎天，東南曰陽天。」淮南天文訓言九天與呂覽合。漢書郊祀志「九天巫祠九天」，師古注：「東方旻天，東南陽天，南方赤天，西南朱天，西方成天，西北幽天，北方玄天，東北變天，中央鈞天也。」離騷云「指九天以爲正兮」，章句謂：「中央八方也。」又，太玄曰：「九天，中天、羨天、從天、更天、睟天、廓天、咸天、沈天、成天。」子雲所説與諸子不同。

隅隈多有，誰知其數？

章句：言天地廣大，隅隈衆多，寧有知其數乎？

箋云：淮南天文訓：「天有九野，九千九百九十九隅。」隈，亦隅也。

天何所沓？十二焉分？日月安屬？列星安敶？敶，古陳字。柳州集天對作「陳」。

章句：沓，合也。言天與地合會何所？分十二辰，誰所分別乎？又云：言日月衆星，安所繫屬？誰陳列也？

箋云：文選羽獵賦：「出入日月，天與地沓。」應劭曰：「沓，合也。」周禮春官馮相氏「掌十有二辰之位」。左傳昭七年「日月之會是謂辰」，杜注：「一歲日月十二會，所會謂之辰。」玉篇：「陳，列也，布也。」張衡靈憲曰：「衆星列布，其以神著，有五列焉，是爲三十五名。一居中央，謂之北斗。四布於方，爲二十八宿。中外之官，常明者百有二十四，可名者三百二十，爲星二千五百。微星之數，蓋萬有一千五百二十。」漢書天文志：「中外官，凡百十八名，積數七百八十三星。」

出自湯谷，次于蒙汜。自明及晦，所行幾里？湯音暘，一作暘。汜音似，上聲。

章句：次，舍也。汜，水涯也。言日出東方湯谷之中，暮入西極蒙水之涯也。又言日平旦而出，至暮而止，所行凡幾何里乎？

箋云：山海經海外東經：「黑齒國下有湯谷，湯谷上有扶桑，十日所浴。」郭注：「谷中水熱也。」湯，讀若暘。或作「暘谷」。大荒東經「有谷曰温源谷」，郭注：「温源，即湯谷。」淮南子天文訓：「日出於暘谷，至于蒙谷。」又云：「日入于虞淵之汜，曙于蒙谷之浦。」高誘注：「自暘谷至虞淵，凡十六所。」覽冥訓「邅回」爲「蒙汜之渚」，高注：「蒙汜，日所出之地。」説林訓：「日出暘谷，入于虞淵。」文選西京賦：「日月於是乎出入，象扶桑與濛汜。」李善注：「汜音似。」蜀都賦：「汨若湯谷之揚濤，沛若濛汜之湧波。」劉淵林注：「湯谷，日所出也。濛汜，日所入也。」又，淮南天文訓云：「日行九州七舍，有五億萬七千三百九里。」

夜光何德，死則又育？厥利惟何，而顧菟在腹？菟與兔同。

章句：夜光，月也。育，生也。言月何德居於天地，死而復生也？又言月中有菟，何所貪利，居月之腹而顧望乎？

箋云：廣雅：「夜光謂之月。」事類賦注引淮南子云：「月，一名夜光。」漢書律志引周書武成篇：「惟一月壬辰旁死霸。」「粵若來三月既死霸。」又引「惟四月既旁生霸」。今文尚書顧命曰：「惟四月哉生魄。」五經通義曰：「月中有兔、有蟾蜍何？月，陰也。蟾蜍，陽也。而與兔並明。」張衡靈憲曰：「月者，陰精之宗，積成爲獸，象兔形。」王充論衡曰：「儒者言月中兔。夫月，水也，兔在水中無不死者。夫兔者，月氣耳。」傅玄擬天問：「月中何有？白兔擣藥。」古怨歌：「煢煢白兔，東走西顧。」梁簡文詩：「非關顧兔没。」隋袁慶詩：「顧兔始馳光。」又，毛詩周南兔罝，釋文作「菟」。史記司馬相如傳「掩菟轔鹿」。菟、兔同。

女岐無合，夫焉取九子？

章句：女岐，神女，無夫而生九子也。

箋云：女岐，或稱岐母，或稱九子母。呂氏春秋有始覽諭大篇：「地大則有常祥、不庭、岐母、羣抵、天翟、不周。」高誘注以「岐母」爲獸名，非也。漢書成帝紀：「元帝在太子宮，坐甲觀畫堂。」顏注引應劭曰：「畫堂畫九子母。」天問本依圖畫而作，意古人壁上多畫此像。西漢去古未遠，猶沿此制，應氏之説是也。内典亦有九子母，蓋古有是説，釋氏更從而傅會耳。荊楚歲時記：「四月八日，長沙寺閣下九子母神。是日，無子者供養薄餅以乞子，往往有驗。」

伯强何處？惠氣安在？

章句：伯强，大厲疫鬼也，所至傷人。惠氣，和氣也。言陰陽調和則惠氣行，不和調則厲鬼興。此二者當何所在乎？

箋云：周拱辰注云：「伯强、惠氣，風屬。淮南『隅强，不周風之所生也』，注：『隅强，天神也。』所云伯强，即此。」晏案：山海經海外北經：「北方禺彊，人面鳥身，珥兩青蛇，踐兩赤蛇。」郭注：「字玄冥，水神也。」大荒北經：「有北齊之國，姜姓，身珥兩青蛇，踐兩赤蛇，名曰禺彊。」

大荒東經：「黃帝生禺䝞，禺䝞生禺京，禺京處北海。」郭注：「即禺彊也。」呂覽求人篇：「禹北至禺彊之所。」高注：「禺彊，天神名。」莊子大宗師云：「禺强得之，立乎北極。」郭象注：「北方神，黑身手足，乘兩龍，靈龜爲之使。」釋文：「歸藏曰：『昔穆王子筮卦於禺强。』簡文云：『北海神也。一名禺京，是黃帝之孫也。』」江淹遂古篇：「北極禺强，爲常存兮。」一説伯强，即春秋時伯有也。左傳昭七年：「伯有爲厲，子産曰：用物精多，則魂魄彊，故曰伯强。」寅案：當從前説，非伯有事。

何闔而晦，何開而明？角宿未旦，曜靈安藏？闔，胡臘反。明，叶音芒。宿音秀。一本藏作臧。漢書多以臧爲藏。

章句：言天何所闔閉而晦冥，何所開發而明曉乎？角、亢，東方星。曜靈，日也。言東方未明旦之時，日安所藏其精光乎？

箋云：禮記月令：「仲秋之月，日在角。仲夏之月，旦亢中。」漢書天文志：「左角理，右角將。大角者，天王帝坐廷。」「亢爲宗廟，主疾。」爾雅釋天：「壽星，角、亢也。」郭注：「列宿之長。」漢志孟康注：「龍角，東方宿也。」續漢志注引服虔左傳注：「龍，角、亢也。」文選張平子歸田賦：「於時曜靈俄景。」潘岳寡婦賦：「曜靈華而遄邁。」悼亡詩：「曜靈運天機。」江淹雜體詩：「曜靈照空隙。」曹植與吴質書：「曜靈急節。」廣雅云：「曜靈，日也。」

不任汩鴻，師何以尚之？僉答：「何憂？何不課而行之？」汩音骨。

章句：汩，治也。鴻，大水也。師，衆也。尚，舉也。言鯀才不任治鴻水，衆人何以舉之乎？僉，衆也。課，試也。言衆人曰：何憂哉，何不先試之也？

箋云：古鴻、洪通。史記河渠書：「禹抑鴻水。」荀子成相篇：「禹有功，抑下鴻。」漢石經尚書洪範亦作「鴻」。虞書堯典：「試可乃已。」史記作「試不可用而已」。史記又云：堯曰：「洪水滔天」，「下民其憂，有能使治者？」皆曰：「鯀可。」堯憂民而僉舉鯀，故曰「何憂」。言何不先試其績而後行？曷爲任其婞直而用之九載耶？

鴟龜曳銜，鯀何聽焉？順欲成功，帝何刑焉？

章句：言鯀治水，績用不成，堯乃放殺之羽山，飛鳥水蟲曳銜而食之，鯀何復能不聽之乎？帝，謂堯也。言鯀設能順衆人之欲而成其功，堯當何爲刑戮之乎？

箋云：柳子天對云：「胡離厥考，而鴟龜肆喙？」路史餘論引古岳瀆經：「禹治水，獲淮、渦水神，名巫支祈。授之童律，不能制；授之烏木田，不能制；授之庚辰，能制。鴟脾、桓胡、木魃、水靈、山妖、石怪，庚辰持戟逐去。」「鴟龜曳銜」，蓋謂怪物之爲祟者；鯀何以聽之而不治乎？周拱辰別注：「經稱『鯀堙洪水』，國語又稱『其墮高堙卑』，蓋鯀築長堤如鴟龜之曳尾相銜者然。程子曰：『今河北有鯀堤而無禹堤。』通志：『堯封鯀爲崇伯，使之治水，乃興徒役作九仞之城。』又，淮南子：『鯀作三仞之城，諸侯悖之。』史稽曰：『張儀依龜跡築蜀城。』非猶夫崇伯之智也？」

永遏在羽山，夫何三年不施？伯禹腹鯀，夫何以變化？施，一作弛。腹，一作復。

章句：永，長也。遏，絶也。施，舍也。言堯長放鯀於羽山，絶在不毛之地，三年不舍其罪也。禹，鯀子也。言鯀愚狠，腹而生禹，禹少見其所爲，何以能變化而成聖德也？

箋云：海内經：「鯀竊帝之息壤以堙洪水，帝令祝融殺鯀於羽郊。」郭注：「羽山之郊。開筮曰：『鯀死三歲不腐，剖之以吴刀，死化爲黄龍也。』」案郭注本歸藏。吕氏春秋恃君覽行論篇：「堯殛鯀於羽山，副之以吴刀。」高誘注：「羽山，東極之山也。」毛詩蓼莪云「出入腹我」，箋云：「腹，懷抱也。」

纂就前緒，遂成考功。何續初繼業，而厥謀不同？

章句：父死稱考。緒，業也。言禹能纂代鯀之遺業，而成考父之功也。又云：言禹何能繼續鯀業，而謀慮不同也？

箋云：曲禮曰：「父死曰考。」祭法：「禹能修鯀之功。」國語：「禹以德修鯀之功。」禹易障而濬，是厥謀不同也。

洪泉極深，何以寘之？地方九則，何以墳之？寘與填同。

章句：言洪水淵泉極深，大禹何用寘塞而平之乎？墳，分也。謂九州之地，凡有九品，禹何以能分別之乎？

箋云：淮南子墬形訓：「凡鴻水淵藪，自三百仞以上二億三萬三千五百五十里，有九淵。禹乃以息土填洪水，以爲名山。」高誘注：「息土不耗減，掘之益多，故以填洪水。」海內經：「鯀竊帝之息壤以堙鴻水。」郭注：「息壤以填洪水。」蓋鯀刱其事，禹從而修之也。朱子謂「泉當作淵」。陸時雅曰：「泉，疑當作淵，唐本避諱而改之也。」案章句已有淵泉之語。陸氏謂唐人改，非。毛詩東山箋云：「古者聲寘、填、塵同也。」說文：「寘，塞也。从穴、真聲。」班孟堅漢書敘傳：「坤作墜勢，高下九則。」劉德曰：「九則，九州土田上中下九等也。」釋名釋典藝：「墳，分也。」

應龍何畫？河海何歷？陸云：歷，叶音勒。

章句：有鱗曰蛟龍，有翼曰應龍。歷，過也。言河海所出至遠，應龍過歷游之，無所不窮也。或曰：禹治水時，有神龍以尾畫地〔三〕導水注所當決者，因而治之。

箋云：朱子注引山海經：「禹治水有應龍以尾畫地。」即水泉流通，禹因而治之。今本山海經無此文。古岳瀆經：「堯九年，巫支祈爲孽，應龍驅之淮陽龜山足下。」其後水平，禹乃放應龍於東海之區，故曰「河海何歷」。隸釋：「桂陽太守周憬功勳銘：『乃思夏后之遺訓，缺。應龍之畫。』」大荒東經：「應龍處南極，殺蚩尤與夸父。」郭注：「應龍，龍有翼者也。」淮南墜形訓：「毛犢生應龍，應龍生建馬。」覽冥訓：「駕應龍，驂青虬。」班孟堅答賓戲：「泥蟠而天飛者，應龍之神也。」述異記云：「龍千年爲應龍。」大業拾遺記：「禹治水，應龍以尾畫地，導決水之所出。」

鯀何所營？禹何所成？

章句：言鯀治洪水何所營度，禹何所成就乎？

箋云：自「不任汩鴻」至此「禹何所成」，皆言鯀、禹之事。

康回憑怒，墜何故以東南傾？墜，古地字。柳集作「地」。

章句：康回，共工名也。淮南子言：「共工與顓頊爭爲帝」，不得，「怒而觸不周之山」，天維絶，地柱折，故東南傾。

箋云：此事見淮南天文訓。列子亦云：「共工氏與顓頊爭爲天子，怒而觸不周之山，天柱折，地維絶。地不滿東南，故百川水潦歸焉，而爲渤海。」路史發揮羅苹注引尹子盤古篇：「共工觸不周山，折天柱，絶地維。」江淹遂古篇：「共工所觸不周山兮。」柳子晉問曰：「又似共工，觸不周而天柱折。」抱朴子：「天不能平其西北，地不能隆其東南。」楊泉物理論：「地形西北高而東南下。」博物志：「共工與顓頊爭帝，而怒觸不周之山，折天柱，絶地維。故天後傾西北，日月星辰就焉。地不滿東南，故百川水注焉。」文選劉孝標辨命論：「觸山之力無以抗。」李善注引淮南子：「昔共工之力，怒觸不周之山，使地東南傾，與高辛爭爲帝。」許慎曰：「共工，古諸侯之强者也。不周之山，西北之山也。」晏案：康回，當作「庸回」，字形相近誤也。左傳文十八年：「靖譖庸回」，「天下之民謂之窮奇」。杜預注：「庸，用也。回，邪也。」「謂共工。其行窮，其好奇。」「靖譖庸回」，猶堯典之「靖言庸違」也。康成注書以爲共工名氏，未聞。叔師以「康回」爲共工名，恐非。王圻三才圖會：「共工死，子康回襲。」黑龍氏亦曰共工。亦傅會之說也。

九州何錯？川谷何洿？東流不溢，孰知其故？洿音户。○一本作「安錯」。柳集作「何」。

章句：錯，置也。洿，深也。言九州錯厠，禹何所分別之？川谷於地，何以獨洿深乎？百川東流，不知滿溢，誰有知其何故也？

箋云：書益稷：「予決九川。」傳：「決九州名川，通之至海。」禹貢：「奠高山大川。」傳：「大川，四瀆。」蔡邕月令章句：「衆流注海曰川。」吕氏春秋有始覽：「何謂六川？河水、赤水、遼水、黑水、江水、淮水。通谷六，名川六百。」爾雅釋水：「注川曰谿，注谿曰谷。」老子道德經：「江海所以能爲百谷王者，以其善下也。」莊子秋水篇：「天下之水，莫大於海，萬川歸之，不知何時止而不盈；尾閭洩之，不知何時已而不虚。」釋文引崔云：「尾閭，海東川名。」天地篇：「諄芒將東之大壑。」釋文引李云：「東海也。」列子：「渤海之東，有大壑焉，其下無底，名曰歸墟。八紘九野之水，天漢之流，莫不注之。」天對有「東窮歸墟」之說，蓋本諸列圉寇。山海經大荒東經：「東海之外大壑。」郭注：「詩含神霧曰：『東注無底之谷。』謂此壑也。」郭璞江賦：「淙大壑與沃焦。」李善注引玄中記曰：「天下之大者，東海之沃焦焉，水灌之而不已。」虞厚合璧事類引山海經云：「沃焦在碧海之東，有石闊四萬里，居百川之下，故又名尾閭。」今山海經無此文。文選嵇叔夜養生論：「或益之以畎澮，而泄之以尾閭。」李善注引莊子司馬彪曰：「尾閭，水之從海水出者也。一名沃燋，在東大海之中。尾者，在百川之下，故稱尾。閭者，聚也。水聚族之處，故稱閭也。在扶桑之東有一石，方圓四萬里，海水注者，無不燋盡，故名沃燋。」

東西南北，其脩孰多？南北順㯐，其衍幾何？㯐，一作隋，一作墮，音妥，又徒禾反。

章句：脩，長也。言天地東西南北，誰爲長乎？衍，廣大也。言南北㯐長，其廣差幾何乎？

箋云：海外東經：「帝命豎亥步，自東極至於西極，五億十選鄭注：「選，萬也。」九千八百步。」「一曰：禹令豎亥。一曰：五億十萬九千八百步。」郭注詩含神霧曰：「天地東西二億三萬三千里，南北二億一千五百里，天地相去一億五萬里。」淮南墜形訓：「禹乃使大章步，自東極至於西極，二億三萬三千五百里七十五步。使豎亥步，自北極至於南極，二億三萬三千五百里七十五步。」管子地員篇：「地之東西二萬八千里，南北二萬六千里。」呂氏春秋有始覽：「凡四海之内，東西二萬八千里，南北二萬六千里。四極之内，東西五億有九萬七千里，南北亦五億有九萬七千里。」高注：「海東西長、南北短，極内等。」博物志：「河圖括地象：『地南北二億三萬三千五百里。』」又，河圖云：「八極之廣，東西二億三萬三千里，南北二億三萬一千五百里。」春秋命歷序曰：「東西九十萬里，南北八十一萬里。」張衡靈憲儀曰：「八極之維，徑二億三萬二千三百里，南北則短減千里，東西則廣增千里。」天文録：「天地廣，南北二億三萬三千五百里七十五步，東西短減四步。」利西江地球圖曰：「東西南北，各二萬七千里。」言里數者人人殊，果孰能知其修衍乎？案隫與橢同。爾雅：「蜻小而橢。」郭注：「橢，謂狹而長。」釋文：「他果反。」漢書食貨志三曰：「復小橢之，其文龜直三百。」師古曰：「橢，圓而長也，音佗果反。」

崑崙縣圃，其尻安在？增城九重，其高幾里？尻，一本作凥，誤。四方之門，其誰從焉？西北闢啓，何氣通焉？闢，一本作辟，與闢同。一作開。

章句：崑崙，山名也，在西北，元氣所出。其巔曰縣圃，乃上通於天也。淮南言：「崑崙之山九重，其高萬二千里也。」又云：言天地四方各有一門，其誰從之上下也？又云：言天西北之門獨常開啓，豈元氣之所通？

箋云：淮南墬形訓：「縣圃在崑崙閶闔之中。崑崙之丘或上倍之，是謂涼風之山。或上倍之，是謂縣圃。或上倍之，是謂太帝之居。」又作玄圃。山海經西山經：「槐江之山，實惟帝之平圃。」郭景純注：「即玄圃也。」穆天子傳：「乃爲銘迹於玄圃之上。」東方朔海内十洲記：「崑崙有三角，正北曰閬風巔，正西曰玄圃臺，正東曰崑崙宮。」陶淵明讀山海經詩：「迢迢槐江嶺，是謂玄圃丘。西南望崑墟，光氣難與儔。」縣、玄聲同，古字通也。郭鍾山注引穆天子傳作「縣圃」。墬形訓：「崑崙中有增城九重，其高萬一千里百一十四步二尺六寸。旁有四百四十門，門間四里，里間九純，純丈五尺。旁有九井，玉橫維其西北之隅，北門開以納不周之風。傾宮、旋室、縣圃、涼風、樊桐，在崑崙閶闔之中。」高誘注：「增，重也。有五城，十二樓。縣圃，崑崙之山名。」山海經海内西經：「海内崑崙之墟，在西北方八百里，高萬仞，面有九門，門有開明獸守之。」抱朴子：「崑崙山上一面，輒有四百四十門。」東方朔十洲記：崑崙山「積金，爲天墉城，面方千里，城上安金臺五所，玉樓十二。」又，西山經：「崑崙之丘，是實爲帝之下都。」景純圖贊曰：「崑崙白精，水之靈府。唯帝下都，西邦之宇。傑然中峙，號曰天柱。」晏案：凥，古居字。說文几部：「凥，處也。从尸得几而止。」孝經曰：「仲尼凥。」凥，謂閒居。如此孝經釋文引鄭玄云：「凥，凥講堂也。」柳州天對云：「積高於乾，崑崙攸居。」唐人猶有識凥爲居者，此明證也。後人注此或誤以爲「兔去凥」之「凥」，从尸、从九。而解爲脊骨盡處。詭謬可笑。夫使凥字作凥，叔師豈有不加疏釋者乎？又，晉書胡母權傳：「凥背東壁。」玉篇：「凥與居同。」漢書郊祀志：「黃帝時爲五城、十二樓。」應劭曰：「崑崙玄圃，五城、十二樓，仙人之所常居。」又：「覽觀縣圃，浮游蓬萊。」李奇曰：「崑崙九成，上有縣圃，縣圃之上，即閶闔天門。」司馬相如傳「西望崑崙之軋，沕荒忽兮」，張揖曰：「崑崙去中國五萬里，其山廣袤百里，高八萬仞。增城九重，面有九井，旁有五門。」揚雄傳「配帝居之縣圃兮」，服虔曰：「曾城、縣圃、閬風，崑崙之山三重也。」水經注引崑崙説云：「崑崙之山三級：下曰樊桐，一名板桐；二曰玄圃，一名閬風；上曰層城，一名天庭。」文選思玄賦：「發昔夢於木禾，穀崑崙之高岡。」嚴忌哀時命云：「願至崑崙之玄圃兮，采鍾山之玉英。」又云：「登閬風之層城兮，構不死而爲牀。」李善注：「古今通論曰：『不死樹在層城西。』」劉向九歎云：「排帝宮與羅囿兮，升縣圃以眩滅。」離騷云：「夕余至乎縣圃。」拾遺記：「崑崙九層，層相去萬里。」增當讀如層，古字通。魏大饗碑：「蔭九增之華蓋。」即九層也。

日安不到？燭龍何照？郭注山海經引「照」作「輝」。

章句：言天之西北，有幽冥無日之國，有龍銜燭而照之。

箋云：大荒北經：「章尾山有神，人面蛇身而赤，是燭九陰，是謂燭龍。」郭注：「詩含神霧云：『天不足西北，無有陰陽消息，故有龍銜精，以往天門中。』」海外北經：「鍾山之神名曰燭陰。」郭注：「即燭龍也。」淮南子墬形訓：「燭龍在雁門，蔽於委羽之山，不見日，其神人面龍身而無足。」高誘注：「龍銜燭以照太陰，蓋長千里，視爲晝，瞑爲夜，吸爲冬，呼爲夏。」文選張平子思玄賦：「速燭龍令執炬兮，過鍾山而中休。」謝惠連雪賦：「爛兮若燭龍銜燿照崑山。」陸士衡演連珠：「蘭毫停室，不思銜燭之龍。」圖贊云：「天缺西北，龍銜火精。氣爲寒暑，眼作昏明。身長千里，可謂至神。」天對云：「修龍旦燎，爰北其首。九陰極冥，厥朔以炳。」

羲和之未揚，若華何光？陸云：揚，一作陽。

章句：羲和，日御也。言日未揚出之時，若木何能有明赤之光華乎？

箋云：大荒南經：「東南海之外，甘水之間，有羲和之國。有女子名曰羲和，方日浴於甘淵。羲和者，帝俊之妻，生十日。」郭注：「羲和，蓋天地始生，主日月者也。故啓筮曰：『空桑之蒼蒼，八極之既張，乃有夫羲和，是主日月，職出入以爲晦明。』又曰：『瞻彼上天，一明一晦，有夫羲和之子，出於陽谷。』故堯因此而立羲和之官，以主四時。」事類賦引淮南子：「爰止羲和，爰息六螭。」注曰：「日乘車，駕以六龍，羲和御之。」今本天文訓脱此文。晉書律志：「黄帝使羲和占日。」廣雅：「日御曰羲和。」大荒北經：「大荒之中，有衡石山、九陰山、洞野之山，上有赤樹，青葉赤華，名曰若木。」郭注：「生崑崙西，附西極，其華光赤，下照地。」海内經：「南海之内，黑水、青水之間，有木名曰若木。」郭曰：「樹赤華青。」南山經：「有木焉，其花四照。」郭注：「若木華赤，其光照地。」亦此類。淮南子墜形訓：「若木在建木西，末有十日，其華照下地。」高注：「末，端也。若木端有十日，狀如蓮華，光照其下。」揚子雲甘泉賦：「飲若木之露英。」張平子思玄賦：「躔建木於廣都兮，摭若華而躊躇。」文選遊天台山賦：「羲和亭午。」離騷云：「折若木以拂日兮。」

何所冬暖？何所夏寒？暖，一本作煖。

章句：暖，温也。言地之氣，何所有冬温而夏寒者乎？

箋云：柳子天對云：「狂山凝凝，冰於北至。爰有炎洲，司寒不得以試。」案：山海經、北山經：「狂山冬夏有雪。」又，西山經有申首之山，北山經有小咸之山，皆冬夏有雪。東方朔十洲記：「炎洲在南海中，上有火林山，山有火鼠，毛緝爲火浣布。」後漢書班超傳注：「西域有白山，通歲有雪，亦名雪山。」西域傳論注：「葱嶺冬夏有雪。」大荒西經有炎火之山，投物輒然。南岳炎洲山有大暑，不可以往。張平子東京賦：「九嵕甘泉，涸陰沍寒。日北至而含凍，此焉清暑。」郭義恭廣志：「雲南郡，四五月，猶積雪皓然。代郡陰山，五月猶有雪，八月末復雪。」淮南子墜形訓：「南方有不死之草，北方有不釋之冰。鄒衍繫獄，仰天而哭，夏五月天爲之下霜。」列子：「師文從師襄學鼓琴，當夏而叩羽，霜雪交下。」又，遠游云：「南州炎德，桂樹冬榮。」大招云：「南有炎火千里。」招魂云：「北方層冰峨峨，飛雪千里。」又：「代水不可涉，天白灝灝，寒凝凝只。」拾遺記：「岱輿山有員淵千里，常沸騰。孟冬水涸，山人掘之，碎火如蒸，以燭投之則燃。」又：「炎海有沃焦山，冬夏常沸，山爲之焦。」

焉有石林？何獸能言？

章句：言天下何所有石木之林，林中有獸能言語者乎？禮記曰：「猩猩能言，不離禽獸也。」

箋云：山海經海外南經有三珠樹，海内西經有視肉珠樹、文玉樹、玗琪樹、琅玕樹，郭注：「玗、琪，赤玉屬也。」吴天璽元年，臨海郡吏伍曜在海水際得石樹，高二尺餘，葉紫色，詰曲傾，靡有光彩。即玉樹之類也。淮南子墬形訓：「崑崙珠樹、玉樹，在其西；沙棠、琅玕，在其東；碧樹、瑶樹，在其北。」又云：「北方有玉樹，在赤水之上。」神異經：「瀛洲之山，有琪樹、瑶草。」拾遺記：「須彌山第六層，有五色玉樹，蔭翳五百里。方丈之山，玉瑶爲林。」吴志伊山海經廣注：「古人謂石之美者，多謂之珠。」説文：「玗，石之似玉者。」玉篇：「琅玕，石似玉。」故屈子謂之石林。天對云：「石胡不林？往視西極。」指海内西經文也。左思吴都賦：「雖有石林之岸崿，請攘臂而靡之。」劉淵林注引天問「焉有石林」。天對云：「獸言嘐嘐，人名是達。」海内南經：「狌狌知人名。」是柳州所本也。記曰：「猩猩能言，不離禽獸。」黄帝内傳：「帝巡狩，東至海，登桓山，得白澤獸，能言，達於萬物之情，問天下鬼神之事。」神異經：「西南荒中，出訛獸，狀如菟，人面能言。嘗欺人言東而西，言惡而善，其肉美，食之，則言不真矣。」宋書符瑞志：「趹蹄者，后土之獸，自能言語。」王嘉拾遺記：「含塗國，去王都七萬里，鳥獸皆能言語。」獸之能言者，不獨猩猩也。狒狒善笑作人言，角端人言。又，含塗之國，鳥獸能言。周禮命夷隸掌鳥言，命貉隸掌獸言。然則獸之能言者夥矣。

焉有龍虬，負熊以遊？柳集作「虬龍」。

章句：有角曰龍，無角曰虬。言寧有無角之龍，負熊獸以遊戲者乎？

箋云：天對云：「有虬螻蛇，不角不鱗。嬉夫玄熊，相待以神。」晏案：史記封禪書：「有龍胡髯下迎黄帝，黄帝上騎，羣臣後宫從上者七十餘人。」列仙傳亦載此事。黄帝號有熊氏，故曰「負熊以遊」也，不必如叔師之訓，以爲熊獸也。崧案：陳本禮引外紀：「皇帝有熊氏嘗乘斑龍四巡。」列仙傳：「有熊鼎成，乘龍上升。」可補引之。

雄虺九首，儵忽焉在？虺，許偉反。儵與倏同。

章句：虺，蛇別名也。儵忽，電光也。言有雄虺，一身九頭，速及電光，皆何所在乎？

箋云：招魂云：「雄虺九首，往來儵忽，吞人以益其心些。」叔師彼注：「儵忽，疾急貌也。言復有雄虺一身九頭，往來奄忽，常喜吞人魂魄以益其心，賊害之甚也。」漢書揚雄傳：「電倏忽於牆藩。」師古曰：「倏忽，電光也。」文選甘泉賦作「儵忽」，李善注：「倏忽，疾貌。」西京賦：「倏忽奇幻，易貌分形。」蜀都賦：「碧雞儵忽而曜儀。」思玄賦：「辰儵忽其不再。」李善注皆謂疾。莊子大宗師篇：「翛然而來，翛然而往而已矣。」釋文：「本又作『儵』，徐音叔，司馬云：『儵，疾也。』李同。」又，九歌「儵而來兮忽而逝」，章句謂「往來奄忽」。宋玉九辨「羌儵忽而難當」，章句謂「行疾去亟」。則此文亦言雄虺疾急，莫測其往來之所在，與招魂正一類。叔師儵忽爲電光，狀其疾也。莊子應帝王：「南海之帝爲儵，北海之帝爲忽。」釋文引簡文云：「儵忽，取神速爲名。」柳子天對云：「儵忽之居，帝南北海。南有怪虺，羅首以噬。」又案：海外北經：「共工之臣曰相柳氏，九首，以食於九山。」大荒北經：「共工臣，名相繇，九首蛇身，自環食於九土。」郭注：「相柳也，語聲轉耳。」圖贊云：「共工之臣，號曰相柳。稟此奇表，虵身九首。」張揖廣雅云：「北方有民焉，九首蛇身，其名曰相柳。」虵身，故曰「雄虺九首」。左思吳都賦：「雖有雄虺之九首，將抗足而跐之。」駱賓王露布：「雄虺九頭。」爾雅釋魚：「蝮虺博三寸，首大如擘。」郭注：「身博三寸，頭大如人擘指。」此自一種蛇，名爲蛇虺。詩疏引孫炎曰：「江淮以南，謂虺爲蝮，廣三寸，頭如拇指，有牙，最毒。」

何所不死？長人何守？

章句：括地象曰：有不死之國。長人，長狄。春秋云：防風氏也。禹會諸侯，防風氏後至，於是使守封禺之山也。

箋云：山海經海外南經：「不死民，其爲人黑色，壽不死。」郭注：「有員丘山，上有不死樹，食之乃壽。亦有赤泉，飲之不老。」淮南子：「海外三十六國」，有「不死民」。又云：「飲氣之民，不死之野。」陶淵明讀山海經詩：「自古皆有没，何人得靈長。不死復不老，萬歲如平常。赤泉給我飲，員丘是我糧。方與三辰遊，壽考豈渠央。」柳子天對云：「員丘之國，身民後死。」吕氏春秋慎行論求人篇：「禹南至不死之鄉。」又，山海經：「無䏿之國在長臂東，其人穴居，食土，死即埋之。其心不朽，死百二十歲，乃復更生。」抱朴子：「乘雲璽產之國、肝心不朽之民是也。」魯語：「仲尼曰：『昔禹致羣臣於會稽之山，防風氏後至，禹殺而戮之，其骨節專車，此爲大矣。』客曰：『防風氏何守也？』仲尼曰：『汪芒氏之君，守封禺之山者也。爲漆姓，在虞、夏、商爲汪芒氏，於周爲長翟，今爲大人。』客曰：『人長之極幾何？』仲尼曰：『僬僥氏長三尺，短之至也。長者不過十丈，數之極也。』」穀梁傳：「長狄身横九畝。」天對云：「封嵎之守，其横九里。」大荒東經有大人國，郭注：「河圖玉版曰」，龍伯國人「長三十丈」，「大秦人長十丈」，「佻人國長三十丈五尺」。洞冥記云：「支提國人長三丈二尺。」博物志曰：「東北極人長九丈。」華陽國志：「始皇時有長人二十五丈，見宕渠。」拾遺記曰：「宛渠之民，其國人長十丈。」神異經：「西北國有人焉，長二千里。」雲笈七籤：「東方銘呵羅提之國，人長二丈。南方銘伊沙陁之國，人長二丈四尺。」招魂云：「長人千仞，惟魂是索些。」又，太平御覽引尚書大傳：「長狄之人，長蓋五丈餘也。」涼州異物志：「有大人在零陵北，長十餘里。」

靡蓱九衢，枲華安居？魏都賦劉淵林注引作「九逵」。郭注山海經引作「離騷」。蓋離騷爲楚辭之首，故舉以稱之。非誤也。郭又引「羿焉彈日」，亦稱離騷。蓱，一作苹。枲，相里反。

章句：九交道曰衢。言寧有蓱草生於水中，無根乃蔓衍於九交之道；又有枲麻垂華榮，何所有此物乎？

箋云：山海經西山經：「浮山有草，名曰薰草，麻葉而方莖，赤華而黑實，臭如蘼蕪。」案此即枲華也。柳子天對云：「有蓱九歧，厥圖以詭。浮山孰産？赤華伊枲。」中山經：「少室山有木曰帝休，其枝五衢。」郭曰：「言樹枝交錯，相重五出，有象衢路也。」郭引此文，而亦稱曰離騷。王簡栖頭陀寺碑文：「九衢之草千計，四照之花萬品。」魏都賦「尋靡蓱於中逵」，劉淵林注引天問「靡蓱九逵」，李善引王逸注：「寧有蓱草蔓衍於九逵之道。靡，蔓也。」沈約郊居賦：「舒翠葉而九衢，開丹花而四照。」八詠詩：「彫芳卉之九衢，賈靈茅之三脊。」梁元帝集：「茝亂九衢，花含四照。」

靈蛇吞象，厥大何如？本作「一蛇」，郭注山海經引作「有蛇」。

章句：山海經：南山有靈蛇吞象，三年然後出其骨。

箋云：海內南經：「巴蛇食象，三歲而出其骨。君子服之，無心腹之疾。其爲蛇，青黃赤黑。」郭注：「蛇長千尋。」圖贊云：「象實巨獸，有蛇吞之。越出其骨，三年爲期。厥大何如？屈生是疑。」淮南本經訓：「堯時，封豨、修蛇，皆爲民害。」高誘注：「修蛇，大蛇，吞象三年而出其骨。」說文：「巴，食象蛇，象形。」寰宇記：「羿屠巴蛇於洞庭，其骨若陵谷，名曰巴陵。」羅願爾雅翼：「巴者食象之蛇，其字象蜿蜒之形。」又曰：「今岳陽郡獄之側，巍然而高，草木翳鬱者，人指以爲巴蛇積骨之處。城外嘗有巴蛇廟，已而廢。又有象骨山，以爲象暴骨之所。其旁有湖曰象湖。」左思吴都賦：「屠巴蛇，出象骼。」李白詩：「修蛇出洞庭，吞象臨江島。」天對云：「巴蛇腹象，足覿厥大。三歲遺骨，其修已號。」

黑水玄趾，三危安在？延年不死，壽何所止？趾，一本作止。

章句：玄趾、三危，皆山名也，在西方。黑水出崑崙山。言仙人禀命不死，其壽獨何所窮止也？

箋云：禹貢梁州、雍州俱有黑水。山海經南山經：「雞山，黑水出焉，而南流注於海。」西山經：「崑崙之丘，黑水出焉。」海内經：「流沙之東，黑水之間，有山名不死之山。」郭注：「即員丘也。」又云：「西南黑水之間，都廣之野，有草冬夏不死。」海内西經：「崑崙有不死樹。」淮南墬形訓亦云「崑崙有不死樹」，又「有丹水，飲之不死」。案玄趾，即玄股也。海外東經：「玄股之國，在其北。」郭注：「髀以下盡黑，故云。」淮南墬形訓：「海外三十六國」，有「玄股民」。高誘注：「玄股，其股黑，兩鳥夾之。」天對謂「玄趾則北」，指此。叔師謂玄趾爲山名，未聞。西山經：「又西二百二十里曰三危之山。」郭注：「今在燉煌郡。」尚書正義引鄭玄注云：「三危之山在鳥鼠之西南，當岷山。」淮南子云：「三危在樂明西。」叔師謂「在西方」是也。天對云「三危則南」，未確。大荒南經：「大荒之中有不姜之山，黑水窮焉。」天對云：「黑水淫淫，窮於不姜。」謂此。穆天子傳：「黑河之阿，有木禾，食者得上壽。」拾遺記：「勃鞮國人食黑河水藻，壽千歲。」淮南：「食黑河之藻，可以千歲。飲三危之露，可以輕舉。」又：「三危有金臺石室，食氣不死。」又案：張衡西京賦：「迺有昆明靈沼，黑水玄阯。」古字阯與趾通。如「交趾」亦作「交阯」之類。

鯪魚何所？鬿堆焉處？鯪音陵。鬿音祈。堆，多回反。吴都賦劉淵林注引作「陵魚曷止」。

章句：鯪魚，鯉也。一云：鯪魚，鯪鯉也。有四足，出南方。鬿堆，奇獸也。

箋云：海内北經：「姑射國，陵魚人面，手足魚身，在海中。」柳子天對云：「鯪魚人面，邇列姑射。」吕氏春秋恃君覽：「大解、陵魚。」楊慎異魚圖贊：「吞舟之魚，其名曰鯪。背腹有刺，如三角菱。罟師畏之，網羅莫膺。」注云「臨海水土志」。文選吴都賦「陵鯉若獸」，劉淵林注：「陵鯉有四足，狀如獺，鱗甲似鯉，居土穴中，性好食蟻。」引楚辭作「陵魚曷止」。羅願爾雅翼曰：「鯪鯉四足，似鼉而短小，狀如獺，徧身鱗甲，居土穴中。」蓋獸之類，非魚之屬也。特其鱗色若鯉，故謂之鯪鯉，又謂之鮫豸，野人謂之穿山甲。本草：「陵鯉一名龍鯉，一名穿山甲，形似鼈，又似鯉而有足，能水能陸，嘗吐舌誘食之。」魏書高祐傳：「高宗末，兖州東郡吏獲一異獸，獻之京師。祐曰：『此是三吴所出，厥名鯪鯉。』」郭璞圖贊：「姑射之山，實栖神人。大蟹千里，亦有陵鱗。曠哉溟海，含怪藏珍。」山海經東山經：「北號之山有鳥焉，其狀如雞而白首，鼠足而虎爪，其名鬿雀，亦食人。」郭景純圖贊云：「猲狚狡獸，鬿雀惡鳥。或狼其體，或虎其爪。」柳子天對云：「鬿雀在北號，惟人是食。」堆字疑雀形之譌。叔師以爲奇獸，恐非。篇海、字彙引山海經作「鬿雀」，更誤。屠本畯閩中海錯疏：「鯪鯉一名穿山甲，似鯉而有四足，鱗甲堅厚，常吐舌出涎，須螻蟻滿其上，乃卷而食之。」寅案：「誘」下脱「螻蟻」字。

羿焉彃日？烏焉解羽？本又作蹕。柳集誤作「彈」。說文引此文作「𢏚」，古「羿」字。

章句：淮南言：「堯時十日並出，草木焦枯。堯令羿仰射十日，中其九日，日中九烏皆死，墮其羽翼。」

箋云：案此見本經訓。又，俶真訓：「燭十日而使風雨。」墬形訓：「若木末有十日，其華照下地。」兵略訓：「武王當戰之時，十日亂於上。」海外西經：「女丑之尸，生而十日炙殺之。」海外東經：「湯谷上有扶桑，十日所浴。」「居水中。」「九日居下枝，一日居上枝。」郭注：「莊周曰：『昔者十日並出，草木焦枯。』」「離騷所謂『羿焉彃日，烏焉落羽』者也。」歸藏鄭母經云：『昔者羿善射，畢十日，果畢之。』汲郡竹書曰：『允甲即位，居西河，有妖孽，十日並出。』明此自然之異有自來矣。」「天地雖有十日，自使以次第迭出運照，而今俱見，爲天下妖災，故羿稟堯之命，洞其精誠，仰天控弦，而九日潛退也。」呂氏春秋求人覽：「昔者堯朝許由於沛澤之中，十日出而焦火不息。」又，大荒東經：「一日方至，一日方出，皆載於烏。」郭注：「日中有三足烏。」續漢書天文志注引張衡靈憲儀：「日者，陽精之宗，積而成烏，象烏而有三足。」彈，俗本或譌作

「蹕」，又作「彈」，皆非。說文：「彈，䠶也。从弓、畢聲。楚詞曰：『芎焉彈日。』」尚書五子之歌正義：「楚詞天問云：『羿焉彈日。』歸藏易亦云：『羿彈十日。』」招魂：「十日代出，流金鑠石。」精神訓：「日中有踆烏。」高注：「謂三足烏。」

禹之力獻功，降省下土四方。焉得彼嵞山女，而通之於台桑？一本作「土方」。柳集作「下土四方」。

章句：言禹以勤力獻進其功，堯因使省治下土四方也。又云：言禹引治水道娶嵞山氏之女，而通夫婦之道於台桑之地。

箋云：商頌云：「禹敷下土方。」說文：「嵞，會稽山。一曰：『九江當塗也。民以辛、壬、癸、甲之日嫁娶。从屾、余聲。』虞書曰：『予娶嵞山。』」郭忠恕佩觿：「嵞山之縣爲當塗，注古文尚書作『嵞』。」羅苹路史注引世紀云：「塗山氏合昏於台桑之地。」鄭注尚書云：「登用之年，始娶於塗山氏，三宿，而爲帝所命治水。」哀七年左傳杜注：「塗山在壽春縣東北。」

閔妃匹合，厥身是繼。胡維嗜不同味，而快鼂飽？一本作「嗜欲不同味」。鼂，一作朝。

章句：閔，憂也。言禹所以憂無妃匹者，欲爲身立繼嗣也。又云：言禹治水道娶者，憂無繼嗣耳。何得與衆人同嗜欲，苟欲飽快一朝之情乎？故以辛酉日娶，甲子日去而有啓也。

箋云：史記云：「辛壬娶塗山，癸甲日去。」晏案：此謂禹治水之勤，不遑暇食，豈禹所嗜獨殊以饕飽爲快耶？「鼂飽」者，言朝食急行，如史所云「晝不暇食」、「一饋十起也」。其繼閔妃而言此者，猶書云「予弗子，惟荒度土功」之意。柳對云：「呱呱之不盡〔四〕，而孰圖厥〔五〕味？」得其旨矣。

啓代益作后，卒然離蠥。何啓惟憂，而能拘是達？蠥，一作孽。

章句：益，禹賢臣也。作，爲也。后，君也。離，遭也。蠥，憂也。言禹以天下禪與益，益避啓於箕山之陽，天下皆去益而歸啓以爲君，益卒不得立，故曰遭憂也。又云：言天下所以去益就啓者，以其能憂思道德，而通其拘隔。拘隔者，謂有扈氏叛啓，啓率六師以伐之也。

箋云：蠥與孽同。玉篇：「孽，憂也。」柳子天對云：「曷戚曷孽。」説文虫部「蠥」：「禽獸蟲蝗之怪謂之蠥。从虫，辥聲。」周伯琦六書正譌云：「俗用孽，非。」漢書揚雄傳反離騷應劭注：「離，猶遭也。」夏本紀：「啓即天子之位。有扈氏不服，啓伐之。」甘誓孔疏云：「自堯舜受禪相承，啓獨見繼父故，以此不服。」淮南齊俗訓：「昔有扈氏爲義而亡。」高誘注：「有扈以堯舜舉賢，禹獨與子，故伐啓。啓亡之。」此所以「代益作后」，卒然遭此有扈之憂也。吕氏春秋云：「夏后相與有扈戰於甘澤而不勝，六卿請復之。相曰：『不可。戰而不勝，是吾德薄而教不善也。』於是乎處不重席，食不貳味，琴瑟不張，鐘鼓不修，子女不飾，親親長長，尊賢使能。期年而有扈氏服。」又，説苑云：「禹與有扈戰，三陣而不服，修教一年而請服。」拘，讀如書「執拘歸周」之拘。啓伐有扈而拘之也。商頌云：「受小國是達，受大國是達。」啓憂心修教，終勝有扈，故曰「啓惟憂，而能拘是達」也。

皆歸射鞫，而無害厥躬。何后益作革，而禹播降。射，一作䠶。鞫，一作鞠。

章句：射，行也。鞫，窮也。言有扈氏所行皆歸於窮惡，故啓誅之，並得長無害於其身也。后，君也。革，更也。播，種也。降，下也。言啓所以能變化更革，而代益爲君者，以禹平治水土，百姓得下種百穀，故思歸啓也。

箋云：説文革部：「鞫，蹋鞠也。或从鞫，與鞫同。」戰國策「六博蹋鞠」，注：「劉向别録：『蹵鞠，黄帝作。蓋因娱戲以練武士。』」漢書藝文志「兵家」：「蹵鞫二十五篇。」射，即射御之射。皆武事也。言啓與有扈戰，三陣而不服，胡終歸於練武之善，竟滅其國而無害於啓之躬也。叔師訓射爲行、鞫爲窮，未爲允也。

啓棘賓商，九辯九歌。何勤子屠母，而死分竟墜？

章句：棘，陳也。賓，列也。九辯、九歌，啓所作樂也。言啓能修明禹樂，陳列宮商之音，備其禮樂也。勤，勞也。屠，裂剥也。言禹腷剥母背而生，其母死分散竟墜，何以能有聖德，憂勞天下乎？

箋云：賓，當爲嬪。釋名釋親屬：「嬪，賓也。諸妾之中見賓敬也。」古字或省从宀。山海經大荒西經：「西南海之外，赤水之南，流沙之西，有人珥兩青蛇，乘兩龍，名曰夏后開。開，即啓，避漢景帝諱。開上三嬪於天，得九辯與九歌以下。」郭注：「嬪，婦也。言獻美人於天帝。」九辯、九歌：「皆天帝樂名也。開登天而竊以下用之也。開筮曰：『昔彼九冥，是與帝辯同宮之序，是爲九歌。』又曰：『不得竊辯與九歌以國於下。』義具見於歸藏。」案：棘，亟也。商，即宮商之商。言啓亟嬪於天，聞宮商之奏，而得九辯、九歌。如秦穆夢鈞天之樂、唐皇記霓裳之舞是也。柳子天對云：「辯同宮之序，帝以賀賓。」亦以賓爲嬪也。一說：賓，客也。商，商均。九辯、九歌，禹樂名。左傳文七年：郤缺引夏書曰「勸之以九歌」：「九功之德，皆可歌也，謂之九歌。」離騷云「啓九辯與九歌兮」，章句亦以爲禹樂。言啓大饗諸侯，亟引商均爲賓，即位而奏禹樂。若書云「虞賓在位，簫韶九成」是也。又案：吴越春秋：「鯀娶有莘氏女，剖脅而産高密。」帝王世紀：「鯀妻修己，胸拆而生禹於石坳。」春秋繁露云：「禹生發於背。」竹書紀年沈約

注：「母曰修己，背剖而生禹於石紐。」叔師之注，蓋本諸董。淮南子修務訓「禹生於石」，高誘注：「禹母修己感石而生禹，拆胸而出。」漢書武帝紀：元封元年，詔曰：「朕用事華山，至於中嶽」，「見夏后啓母石。」應劭曰：「啓生而母化爲石。」魏書陽固傳：「石育子而啓夏兮，鳦遺卵而孕殷。」

帝降夷羿，革孽夏民。胡䠶夫河伯，而妻彼雒嬪〔六〕？柳集作「羿射夫河伯」。䠶，柳集作「射」。

章句：帝，天帝也。夷羿，諸侯，弑夏后相者也。革，更也。孽，憂也。言羿弑夏家，居天子之位，荒淫田獵，變更夏道，爲萬民憂患。胡，何也。雒嬪，水神，謂宓妃也。傳曰：「河伯化爲白龍，遊於水旁。羿見射之，眇其左目。河伯上訴天帝，曰：『爲我殺羿。』天帝曰：『爾何故得見䠶？』河伯曰：『我時化爲白龍出遊。』天帝曰：『使汝深守神靈，羿何從得犯也？汝爲蟲獸，當爲人所䠶，固其宜也。羿何罪歟？』羿又夢與雒水神宓妃交接也。」

箋云：淮南子氾論訓：「羿除天下之害，而死爲宗布。」注：「羿，堯時之諸侯。河伯溺殺人，羿射其左目。」文選注引漢書音義：「宓妃，宓羲氏之女，溺死洛水爲神。」修務訓：「羿左臂修而善射。」俶真訓注：「羿善射，能一日落九鳥，射河伯。」羅長源路史引此文云：「妻彼洛嬪，蓋有洛氏之女也。」與叔師注宓妃異。漢書地理志小顏引魚豢云：「漢火行忌水，故去洛水而加隹。」如魚氏説，則光武以後改爲雒字也。今楚辭亦作「雒」，其後人所改歟？崧案：陳本禮云：「竹書帝芬十六年：『雒伯用與河伯馮夷鬬。』河、雒，二國名。伯其爵；嬪其妃耳。羿恃善射，殺河伯，奪其國；又殺雒伯而淫其妃也。」

馮珧利決，封豨是䠶。何獻蒸肉之膏，而后帝不若？馮音憑。珧音遥。豨，虛豈反。

章句：馮，挾也。珧，弓名也。決，䠶韝也。封豨，神獸也。言羿不循道德，而挾弓䠶韝，獵捕神獸，以快其情也。蒸，祭也。后帝，天帝也。若，順也。言羿䠶獵封豨，以其肉膏祭天帝，天帝猶不順羿之所爲也。

箋云：爾雅釋器云：「弓以金者謂之珧。」是叔師所本也。晏謂：釋魚「蜃小者珧」，郭注：「珧，玉珧，即小蚌。」小雅「瞻彼洛矣」，毛傳：「天子玉琫而珧珌。」説文以爲禮文。隋巢子云：「奚禄山壞，天賜玉玦於羿，遂殘其身利。」利，即謂玉玦也。孫子曰：「羿得寶弓，犀質玉文，曰珧弧。」海內經：「帝俊賜羿彤弓素矰，以扶下國。」淮南子本經訓：「堯之時，封豨、修蛇，皆爲民害。堯乃使羿斷修蛇於洞庭，擒封豨於桑林。」高誘注：「封豨，大豕。」説文云：「古有

路史引作「封豨䠶」。柳集作「射」。蒸，亦作烝。

封豨，修蛇之害。」山海經海〔七〕内經：「有嬴民，鳥足。有封豕。」郭注：「大豬也，羿射殺之。」圖贊曰：「有物貪婪，號曰封豕。薦食無厭，肆其殘毀。羿乃飲羽，獻帝效伎。」海内經又云：「羿是始去，恤下地之百艱。」郭注：「言射殺鑿齒、封豕之類。」左傳昭二十八年：叔向曰：「昔有仍氏生女黰黑而甚美，光可以鑑，名曰玄妻。樂正后夔娶之，生伯封，實有豕心，貪惏無厭，忿纇無期，謂之封豕。有窮后羿滅之。」路史夷羿傳謂「封豨是射」，即此。然離騷云：「羿淫游以佚田兮，又好射夫封狐〔八〕。」則封豨是獸，非人名也。一說：左傳言「羿將歸自田，家衆殺而烹之，以食其子」，故曰「獻蒸肉之膏」也。言羿之善射如此，何竟爲人葅醢，而天命弗順乎？即論語「不得其死」之意也。

浞娶純狐，眩妻爰謀。何羿之䠶革，而交吞揆之？浞，士角反。

章句：浞，羿相也。爰，於也。眩，惑也。言浞娶於純狐氏女，眩惑愛之，遂與浞謀殺羿也。吞，滅也。揆，度也。言羿好䠶獵，不恤政事法度，浞交接國中，布恩施德，而吞滅之也。

箋云：路史夷羿傳：「浞乃蒸娶羿室純狐，爰謀殺羿。」羅苹注引「純狐，羿妻也」。左傳襄四年：「浞因羿室。」周禮夏官司弓矢：「王弓弧弓，以授射甲革椹質者。」左傳稱「羿將歸自田，家衆殺而烹之」，言羿方田獵射革，何家衆揆度其將來而交相吞滅也？東方朔七諫哀命云：

「機蓬矢以射革。」

阻窮西征，巖何越焉？化爲黃熊，巫何活焉？本或「化」下有「而」字。

章句：阻，險也。窮，窘也。越，度也。言堯放鮌羽山，西行度越岑巖之險，因墮死也。活，生也。鮌死後化爲黃熊，入於羽淵，豈巫醫所能復生活也？

箋云：史記五帝本紀：「殛誅鮌於羽山，以變東夷。」集解引馬融注云：「羽山，東裔。」言鮌既投諸東裔，回視西征之路，阻隔窮絶，復何能越巖而來歸乎？左傳昭七年：子産曰：「昔堯殛鮌於羽山，其神化爲黃熊，以入於羽淵。」釋文：「熊，獸名，亦作能，三足鼈也。」晉語作「鮌化黃能」，韋昭注：「能似熊。」吳越春秋亦作「黃能」。山海經海内西經：「開明東有巫彭、巫抵、巫陽、巫履、巫几、巫相，夾窫窳之尸，皆操不死之藥以距之。」郭注：「皆神醫也。世本曰：『巫彭作醫。』」圖贊曰：「窫窳無罪，見害貳負。帝命羣醫，操藥夾守。遂淪溺淵，化爲龍首。」案：窫窳爲貳負所殺，致淪淵而變龍首，巫既不能生，猶鮌爲帝所殛，入淵而化黃熊，巫又安能活也？故屈子舉巫以況之。一說：此羿事也。阻，當作「鉏」，地名。窮，即有窮國也。履，險也。越，過也。左傳：魏莊子曰：「昔有夏之衰也，后羿自鉏遷於窮石。」又，帝王紀云：「帝羿有窮氏。其先世封於鉏。羿自鉏遷於窮石，逐帝相徙於商丘，依斟灌、斟鄩氏。」據地志，故鉏城在滑州衛城東，商丘在東郡濮陽。晉地記云：「河南有窮谷，蓋本有窮氏所遷也。」斟灌、斟鄩皆在東極，古隅夷地。以商丘、二斟較之，有窮在西，故曰「西征」。路史注亦云：「阻窮西征，謂羿也。」

咸播秬黍，莆藿是營。何由并投，而鯀疾修盈？莆，一作蒲。藿，一作萑。柳集作「藿」。由，一作繇。

章句：咸，皆也。秬黍，黑黍也。藿，草名也。營，爲也。言禹平治水土，萬民皆得耕種於藿蒲之地，盡爲良田也。疾，病也。修，長也。盈，滿也。由，用也。言堯不惡鯀而殺戮之，則禹不得嗣興，民何得投種五穀乎？乃知鯀惡長滿天下也。

箋云：爾雅釋草云：「秬，黑黍。」生民：「誕降嘉種，維秬維秠。」毛傳亦用雅訓。莆與蒲同。天對云：「維莞維蒲。」漢書鮑宣傳「漿酒霍肉」，小顔注：「藿，豆葉，即公食禮之牛藿也。」九歎云「耘藜藿與蘘荷」，章句亦云：「藿，豆葉也。」説文本作「藿」。招隱士云「薠屮靃靡」，故知此字或从艸，或省艸，相假借也。言禹修鯀功而平水土，暨稷播種，冀州既載，可以幹蠱而蓋愆矣，何由與四凶並投，竟長此惡聲貫盈乎？蓋鯀特因湮洪水而致殛，非如共工諸人之作亂可比，故屈子哀其并四凶投荒，雖有孝子而不能改其惡名也。投，棄也。左傳文十八年：「投諸四裔，以禦魑魅」，杜注：「投，棄也。」疾，惡也。左傳昭九年「辰在子卯，謂之疾日」，杜注：「疾，惡也。」

白蜺嬰茀，胡爲此堂？安得良藥，不能固臧？陸云：「得」下一有「夫」字。

章句：蜺，雲之有色似龍者也。茀，白雲逶移若蛇者也。言此有蜺茀氣逶移相嬰，何爲此堂乎？蓋屈原所見祠堂也。臧，善也。言崔文子學仙於王子僑，子僑化爲白蜺而嬰茀，持藥與崔文子。崔文子驚怪，引戈擊蜺，中之，因墮其藥，俯而視之，王子僑之尸也。故言得藥不善也。

箋云：天對云：「王子怪駭，蜺形茀裳。文褫操戈，猶懵夫藥。」本叔師說。劉向列仙傳亦有崔文學仙事。向曾解説天問，見叔師叙。晏案：「白蜺嬰茀」，此盛言姮娥之裝飾也。蜺與霓同，猶月中霓裳羽衣。九歌東君云：「靈之來兮蔽日，青雲衣兮白霓裳。」九歎逢紛云：「薜荔飾而陸離薦兮，魚鱗衣而白霓裳。」以騷辭本文證之，知其確矣。嬰茀，婦女首飾。荀子富國篇「處女嬰寶珠」，楊倞注：「嬰，繫於頸也。」説文：「嬰，頸飾也。从女、賏。賏，其連也。」易既濟「婦喪其茀」，馬融云：「茀，首飾也。」見釋文。「胡爲」者，訝之之辭。言此豔裝濃飾，胡爲而畫於此祠堂也。又，淮南子覽冥訓云：「羿請不死之藥於西王母，姮娥竊以奔月。」張衡靈憲儀云：「羿請無死之藥於西王母，姮娥竊之以奔月。將往，枚筮之於有黄。有黄筮之曰：『吉。

翩翩歸妹，獨將西行，逢天晦芒，毋驚毋恐，後其大昌。』姮娥遂託身於月，是爲蟾蜍。」文選月賦「集素娥於后庭」，李善注引歸藏曰：「昔常娥以不死之藥奔月。」文選郭景純游仙詩「姮娥揚妙音」，李善引淮南許慎注：「常娥，羿妻也，逃月中，蓋虚上夫人是也。」言何從得此良藥，致奔入月中，不能自固以善其身也？

天式從横，陽離爰死。大鳥何鳴？夫焉喪厥體？喪，息浪反。

章句：式，法也。爰，於也。言天法有善陰陽從横之道，人失陽氣則死也。言崔文子取王子僑之尸，置之室中，覆之以敝筐，須臾則化爲大鳥而鳴，開而視之，翻飛而去。文子焉能亡子僑之身乎？言仙人不可殺也。

箋云：式與栻同。史記日者列傳：「分策定卦，旋式正棊。」索隱曰：「式即栻也。栻之形上圓象天，下方法地，用之則轉天綱，加地之辰，故云旋式。」晏案：西山經：「鐘山其子曰鼓，是與欽䲹殺葆江於崑崙之陽，帝乃戮之鐘山之東，曰嶢崖。欽䲹化爲大鶚，其音如晨鵠。鼓亦化爲鵕鳥，其音如鵠。」言天有常法，陰陽相生，殺之則陽氣離而身死矣，何由化爲大鳥，而鳴聲如鵠耶？既身化能鳴，何殺之而亦喪厥體耶？訝其生死之無常也。圖贊曰：「欽䲹及鼓，是殺祖江。帝乃戮之，崑崙之東。二子皆化，矯翼亦同。」陶淵明詩：「窫窳强能變，祖江遂獨死。」

又云：「長枯固已劇，鵜鴂豈足恃。」亦此意也。

蓱號起雨，何以興之？蓱，亦作荓，一作萍。號，胡刀反。

章句：蓱，蓱翳，雨師名也。號，呼也。興，起也。言雨師號呼，則雲起而雨下，獨何以興之乎？

箋云：遠游云「左雨師使徑侍兮」，章句：「告使屏翳，備不虞也。」司馬相如大人賦「召屏翳」，應劭曰：「屏翳，天神使也。」廣雅：「雨師謂之荓翳。」山海經海外東經「雨師妾在其北」，郭注：「雨師，謂屏翳也。」漢書郊祀志「風伯雨師」，師古曰：「雨師，屏翳也，一曰屏號。」案：號，言雨師號呼。小顔之注，恐因楚辭而致誤也。

撰體協脅，鹿何膺之？柳集同。一本作「撰體協鹿，何以膺之」。

章句：膺，受也。言天撰十二神鹿，一身八足兩頭。獨何膺受此形體乎？

箋云：後漢書西南夷傳：「哀牢夷雲南縣有神鹿，兩頭，能食毒草。」李賢注：「見華陽國志。」博物記：「雲南郡出荼首，其音爲蔡茂，是兩頭鹿名也。」宛委餘編：「荼首，神鹿，兩頭，出永昌郡，其矢可敷瘡毒。」酉陽雜俎毛篇：「邪希有鹿，兩頭，食毒草。」叔師謂神鹿兩頭，非誕也。一說：脅鹿，風伯飛廉也。三輔黃圖：「飛廉鹿身，雀頭有角，蛇尾豹文，能致風號呼也。」言雨師號呼，何以風起雲飛，而必應之乎？晏案：漢書武帝紀：元封二年，作「飛廉館」。應劭曰：「飛廉，神禽，能致風氣者也。」晉灼曰：「身似鹿，頭如爵，有角而蛇尾，文如豹文。」司馬相如傳「椎蜚廉」，郭璞曰：「飛廉，龍雀也，鳥身鹿頭。」文選東京賦「龍雀蟠蜿」，薛綜注：「龍雀，飛廉也。」

鼇戴山抃，何以安之？釋舟陵行，何以遷之？戴，一作載。抃音弁。

章句：鼇，大龜也。擊手曰抃。列仙傳曰：「有巨靈之鼇，背負蓬萊之山，而抃舞戲滄海之中。」獨何以安之乎？釋，置也。舟，船也。遷，徙也。言龜所以能負山若舟船者，以其在水中也。使龜釋水而陵行，則何能遷徙山乎？

箋云：列子：「渤海之東」有五山，「一曰岱輿，二曰員嶠，三曰方壺，四曰瀛洲，五曰蓬萊」。「五山之根無所連著，常隨潮波上下往還，不得暫峙焉。仙聖毒之，訴之於帝」，帝「命禺彊使巨鼇十五舉首而戴之。迭爲三番，六萬歲一交焉」。文選思玄賦：「登蓬萊而容與兮，鼇雖抃而不傾。」舊注：「抃，手搏也。」李善注：「玄中記曰：『東南之大者，有巨鼇焉，以背負蓬萊山，周迴千里。』後漢張衡傳李賢注：「鼇，大龜也。」淮南覽冥訓高誘注亦云：「鼇，大龜。」與叔師同。又案：列子稱「龍伯之國有大人，舉足不盈數步而暨五山之所，一釣而連六鼇，負而趨歸其國，灼其骨以數焉。於是岱輿、員嶠二山流於北極，沈於大海，仙聖之播遷者巨億計」。「釋舟陵行」，言釣鼇而歸行於陸地，何以致仙聖之播遷乎？柳子天對云：「龍伯負骨，帝尚窄之。」謂此也。

惟澆在户，何求於嫂？何少康逐犬，而顛隕厥首？女岐縫裳，而館同爰止。何顛易厥首，而親以逢殆？澆，五弔反。「易」上一本有「隕」字。

章句：澆，古多力者也。論語曰：「澆盪舟。」言澆無義，淫泆其嫂，往至其户，佯有所求，因與行淫亂也。言夏后少康因田獵，放犬逐獸，遂襲殺澆而斷其首。女岐，澆嫂也。館，舍也。爰，於也。言女岐與澆淫佚，爲之縫裳，於是共舍而宿止也。逢，遇也。殆，危也。言少康夜襲，得女岐頭，以爲澆，因斷之，故言易首，爲遇危殆也。

箋云：竹書紀年沈約注云：「浞娶純狐氏，有子早死，其婦曰女岐，寡居。澆强圉，往至其户，陽有所求，女岐爲之縫裳，共舍而宿。汝艾夜使人襲斷其首，乃女岐也。澆既多力，又善害人，艾乃田獵，放犬逐獸，因嗾澆，顛隕，乃斬澆，以歸於少康。」路史寒浞傳：「澆朋淫不義，而淫於丘嫂岐。」「丘嫂」字，本漢書楚元王傳。孟康曰：「丘，空也。兄亡，空有嫂。」苹注：「未及左傳少康滅澆於過。」又，離騷云：「澆身被服强圉兮，縱欲而不忍。日康娛以自忘，厥首用夫顛隕。」

湯謀易旅，何以厚之？覆舟斟尋，何道取之？陸云：取，此苟反。

章句：湯，殷王也。旅，衆也。言殷湯欲變易夏衆，使之從已，獨何以厚待之乎？覆，反也。舟，船也。斟尋，國名也。言少康滅斟尋氏，奄若覆舟，獨以何道取之乎？柳對云：「覆舟喻易。」

箋云：湯，古與盪通，即論語「奡盪舟」也。古湯、盪、蕩通用。漢書天文志：「四星若合，是謂大湯。」晉灼曰：「湯，猶盪滌也。」易繫辭「八卦相盪」，釋文：「衆家作蕩。」大雅「盪蕩上帝」，釋訓作「盪盪」。隸釋郙閣頌「水流蕩蕩」，即湯湯也。漢地理志蕩陰，亦作「湯陰」。陳風宛丘毛傳：「湯，蕩也。」日知録云：「竹書紀年：『帝相二十七年，澆伐斟尋，大戰於濰，覆其舟，滅之。』楚詞『覆舟斟尋』，正謂此也。」此皆指澆之强圉，言盪舟而謀易夏衆，獨何以厚大之乎？戰國策曰「非能厚勝之也」，注：「厚，猶大也。」澆覆舟而滅斟尋，又將何道以取之乎？蓋澆所恃者惟力，何謀而何道耶？宜其顛隕厥首，而不得其死也。言此以足上文之意。左傳杜注：「北海平壽縣有斟亭。」漢書地理志：北海郡，平壽。應劭曰：「古斟尋，禹後，今抖城是也。」臣瓚曰：「抖尋，在河南，不在此也。汲郡古文云：『太康居抖尋，羿亦居之，桀亦居之。』尚書序云：『太康失邦，昆弟五人須於洛汭。』此即太康所居爲近洛也。」師古曰：「抖音斟。」朱子曰：「湯字，康之訛，謂少康也。」案叔師注「湯，殷王」；柳子天對「湯奮癸旅」。漢、唐本俱作「湯」，甚明，非訛字也。

桀伐蒙山，何所得焉？妹嬉何肆？湯何殛焉？妹音末。嬉音喜。路史引作「妹何得焉」。

章句：桀，夏亡王也。蒙山，國名也。言夏桀征伐蒙山之國，而得妹嬉也。又云：言桀得妹嬉，肆其情意，故湯放之南巢也。

箋云：國語：「桀伐有施，有施人以妹嬉女焉。」皇王大紀：「桀伐蒙山，有施氏進女妹嬉，桀嬖之。」竹書紀年：「后桀命扁伐岷山。」岷、蒙聲相近。案：得女而傾國，所失多矣，故曰「何所得焉」。桀既不能正家，而至於肆，湯又不終爲臣，而出於殛，古人之不平者多矣。

舜閔在家，父何以鰥？堯不姚告，二女何親？

章句：帝，帝舜也。閔，憂也。無妻曰鰥。言舜爲布衣，憂閔其家，其父頑母嚚，不爲娶婦，乃至於鰥也。姚，舜姓也。言堯不告舜父母而妻之也。如令告之，則不聽堯女，二女尚何所親附乎？

箋云：虞書云：「有鰥在下。」言舜怨慕其親，出於閔憂，何父猶嫉惡之，竟不爲置室家乎？二句即所謂帝之妻舜而不告也。書堯典正義引鄭注云：「不言妻者，不告其父，不序其正。」

厥萌在初，何所意焉？璜臺十成，誰所極焉？

章句：言賢者預見施行萌芽之端，而知其存亡善惡所終，非虛意也。璜，石次玉者也。言紂作象箸，而箕子歎，預知象箸必有玉杯，玉杯必盛熊膰豹胎，如此必崇廣宮室。紂果作玉臺十重，糟丘酒池，以至於亡也。

箋云：史記宋微子世家云：「紂始爲象箸，箕子歎曰：『彼爲象箸，必爲玉桮；爲玉桮，則必思遠方珍怪之物而御之矣。輿馬宮室之漸自此始，不可振也。』」韓非子：「紂始爲象箸，而箕子怖。以爲象箸，不盛羹於土簋，必爲犀玉之杯；玉杯象箸，必不盛菽藿，則必旄象豹胎；旄象豹胎，必不衣裋褐而舍茅茨之下，則必錦衣九重，高臺廣室。」王充論衡：「紂以糟爲丘，以酒爲池。」淮南子本經訓：「桀、紂爲旋室瑤臺，象廊玉牀。」帝王世紀：「紂造傾宮，作瓊室，飾以美玉，七年乃成。其大十里，其高千丈。」意，度也，與億同。隸釋嚴祈碑「何億奄摧臧」，又譙敏碑「曷億遘罹」，即意字也。

登立爲帝，孰道尚之？女媧有體，孰制匠之？

章句：言伏羲始作八卦，修行道德，萬民登以爲帝，誰開道而尊尚之也？傳言女媧人頭蛇身，一日七十化，其體如此，誰所制匠而圖之乎？

箋云：大荒西經：「有國名曰淑士，顓頊之子。有神十人，名曰女媧之腸，化爲神，處栗廣之野。」郭注：「古神女而帝者，人面蛇身，一日中七十變，其腹化爲此神。」列子：「女媧氏蛇身而人面，牛首虎鼻。」淮南子説林訓：「黄帝生〔九〕陰陽，上駢生耳目，桑林生臂手。此女媧所以七十化也。」曹植女媧贊云：「或云二君，人首蛇身。神化七十，何德之靈。」文選魯靈光殿賦李善注引玄中記曰：「女媧蛇軀。」路史羅苹注引麻姑仙人紫壇歌：「女媧煉得五方氣，變化成形補天地。三十六變世應知，七十二化處其位。」一説舊以「登立爲帝」屬伏羲，非也。余謂皆指女媧説。女媧，伏羲氏妹，自古皆以男子帝天下，女媧獨以女子爲天下君，豈女媧自立之乎？抑伏羲獨傳之妹乎？女子帝天下者，前有媧，後有曌，開闢以來所未有。扶綱常而警伏雌，可少此屈原之一問哉？又一説：登，女登也。世紀云：「炎帝母任姒，有僑氏女，名大登。」春秋元命包云：「女登游於華陽，生神農焉。」「登立爲帝」，言登之所立則爲帝也。

舜服厥弟，終然爲害。何肆犬豕，而厥身不危敗？柳集作「犬體」。

章句：服，事也。厥，其也。言舜弟象施行無道，舜獨服而事之，言象終欲害舜也。又云：言象無道，肆其犬豕之心，燒廩窴井，欲以殺舜，然終不能危敗舜身也。

箋云：犬豕，猶伯封實有豕心也。人之無義者，則以禽獸比之，如檮杌、窮奇之類。焚廩浚井，事見孟子、史記。又，宋書符瑞志：「舜父母使舜塗廩，自下焚之，舜服鳥工衣飛去。又使浚井，自上填之以石，舜服龍工衣，自旁而出。」史通〔一〇〕云：「瞽叟使舜滌廩，舜告堯二女，女曰：『時其焚汝，鵲汝裳衣，鳥工往。』舜得免去。舜穿井，又告二女，女曰：『去汝裳衣，龍工往。』入井，瞽叟實井，舜從他井出。」皆記舜之弟爲害也。

吴獲迄古，南嶽是止。孰期去斯，得兩男子？去，一作失。

章句：獲，得也。迄，至也。古，謂古公亶父也。言吴國得賢君，至古公亶父之時，而遇太伯陰讓避王季，辭之南嶽之下採藥，於是遂止而不還也。期，會也。昔古公有少子曰王季，而生聖子文王。古公欲立王季，令天命至文王。長子太伯及弟仲雍去而之吴，吴立以爲君。誰與期會，而得兩男子，兩男者，謂太伯、仲雍二人也。

箋云：吴越春秋吴太伯傳：「太伯、仲雍采藥於衡山，遂之荆蠻，斷髮文身，示不可用。國民君而事之，自號爲句吴。」徐天祐注：「衡山，南岳。」「去斯」者，去岐周。言孰期期，必也。猶言孰能必也。託名逃去，而吴遂獲此二子乎？即柳對所云「以嘉吴國」也。

緣鵠飾玉，后帝是饗。何承謀夏桀，終以滅喪？陸云：一本無「夏」字。喪，去聲，一作喪。

章句：后帝，謂殷湯也。言伊尹始仕，因緣烹鵠鳥之羹，修飾玉鼎，以事於湯。湯賢之，遂以爲相也。又云：言湯遂承用伊尹之謀而伐夏桀，終以滅亡也。

箋云：招魂云：「鵠酸臇鳬，煎鴻鶬些。」章句亦謂「烹鵠爲羹」。又云：「内鶬鴿鵠，味豺羹只。」文選張景陽七命「晨鳬露鵠」，注引説苑曰：「魏文侯嗜晨鳬，霜露降，鵠鷄美。」然考吕覽本味篇：「伊尹説湯以至味，有猩猩之脣，貛貛之炙，雋觾之翠，旄象之約。」鵠鳥之羹，所未聞也。晏案：鵠，古鶴字。逸周書王會解：「伊尹朝獻，商書。受命爲四方，令曰：『臣請正南以翠羽、菌鸖爲獻，鸖與鶴同。史記衛世家「懿公好鸖」，左傳作「鶴」。正北以橐駝、白玉爲獻。』」故曰「緣鵠飾玉」。后帝謂湯。言大饗諸侯而受貢物也。

帝乃降觀，下逢伊摯，何條放致罰，而黎伏大説。伏，亦作服。説音悦。

章句：帝，謂湯也。摯，伊尹名也。言湯出觀風俗，乃憂下民，博選於衆，而逢伊尹，舉以爲相也。條，鳴條也。黎，衆也。説，喜也。言湯行天下之罰，以誅於桀，放之鳴條之野，天下衆民大喜説也。

箋云：書序：「伊尹相湯伐桀，升自陑遂，與桀戰於鳴條之野，作湯誓。」史記夏本紀：「桀走鳴條，遂放而死。」裴注引鄭玄曰：「東夷地名。」荀子云：「伊尹名摯，面無須麋。」蔡邕釋誨：「伊摯有負鼎之衒。」伏，服也。古伏、服通，如「扶服」一作「扶伏」是也。

簡狄在臺嚳何宜？玄鳥致貽女何喜？貽，一作詒。喜，叶音嬉；一作嘉，叶音基。

章句：簡狄，帝嚳之妃也。玄鳥，燕也。貽，遺也。言簡狄侍帝嚳於臺上，有飛燕墮遺其卵，喜而吞之，因生契也。

箋云：續漢書禮儀志「祠高禖」劉昭補注引離騷云：「玄鳥致貽女何嘉。」引王逸注亦作「嘉而吞之」。呂氏春秋音初云：「有娀氏有二佚女，爲之九成之臺，飲食必以鼓。」漢書古今人表：「簡逷，帝嚳妃，生卨。」師古曰：「即簡狄也。」毛詩商頌正義：「有娀，是簡狄國名。」淮南墬形訓：「有娀在不周之北，長女簡翟、少女建疵。」高誘注：「有娀，國名。簡翟、建疵，姊妹二人在瑶臺，帝嚳之妃也。」離騷云：「望瑶臺之偃蹇兮，見有娀之佚女。」海内北經有帝嚳臺。

該秉季德，厥父是臧。胡終弊於有扈，牧夫牛羊？朱子謂「該」字乃「啓」字之訛。然叔師訓該爲包，則漢本實作「該」字。

章句：該，包也。秉，持也。父，謂契也。季，末也。言湯能包持先人之末德，修其祖父之善業，故天祐之以爲民主也。有扈，澆國名也。澆滅夏后相，相遺腹子曰少康，後爲有仍牧正，典主牛羊，遂攻殺澆，滅有扈，復禹舊跡，祀夏配天也。

箋云：此指啓言。該，兼也。後漢書馮衍顯志賦曰：「訊夏啓於甘澤兮，傷帝典之始傾。」李賢注：「啓既德薄，同姓相攻，故傷帝典之傾也。」言啓兼秉季世之德，而以爲敬承父之善乎？微辭也。弊，疲也。後漢耿弇傳「軍士疲弊」。言啓既疲于有扈之師，幸而勝之，胡相又爲澆所滅，致子孫降在牧圉乎？考之竹書，啓伐扈在二年，羿距太康在元年，澆滅相在二十八年，上下五十四年，干戈不絶，以致後人淪落，皆以啓之德薄故也。一説：左昭二十九年，蔡墨曰：「少皞氏有四叔」，「該爲蓐收」，「世不失職」。故曰「厥父是臧」。然與有扈文不協，非其義也。又案：左哀元年，伍員曰：「昔有過澆，殺斟灌以伐斟尋，滅夏后相。后緡方娠，逃出自竇」，「生少康焉，爲仍牧正。」然則相滅後，少康方生。案汲郡古文，少康生於丙寅，在澆弑帝之後，與左傳合。故叔師曰「遺腹子」。史記吴太伯世家集解引服虔注：「少康，后緡遺腹子。」叔師謂「有扈，澆國名」，又謂少康「殺澆，滅有扈」，似誤。案：澆國名過，非有扈也。滅有扈者啓，非少康也。左氏襄四年傳「少康滅澆於過」，杜注：「過，國名，在東萊掖縣北有過鄉。」竹書紀年：「帝相八年，寒浞殺羿，使其子澆居過。」史記吴太伯世家索隱：「過，音戈。寒浞之子澆所封國也。」昭元年傳「夏有觀、扈」，杜注：「扈在始平鄠縣。」尚書釋文：「京兆鄠縣，即有扈之國也。」續漢書郡國志：「右扶風郡鄠，古扈國。東郡過鄉，故過國也。」兩地各不相謀。有扈與澆二人判別，相距啓、太康、仲康、相、少康五世，叔師合爲一，誤矣。或疑澆即有扈之黨。案：有扈爲夏同姓諸矦，詳見後。澆，猗姓國。路史寒浞傳：「浞，猗姓。」羅苹注：「潛夫論有猗姓。」括地象云：「過，猗姓國」是也。扈與澆判別明甚。

干協時舞，何以懷之？平脅曼膚，何以肥之？平脅，一作「受平」。

章句：干，求也。協，和也。舞，務也。懷，來也。言夏后相既失天下，少康幼小，復能求得時務，調和百姓，使之歸己，何以懷來之也？又云：言紂爲無道，諸侯背畔，天下乖離，當憂癯瘦，而反形體曼澤，獨何以能平脅肥盛乎？

箋云：荀子：「桀紂長巨姣美，天下之傑也。」續博物志：「堯若腊，舜若腒，桀、紂之君垂腴尺餘。」何以肥之者，猶左傳「惡郭重，曰：『何肥也？』」漢書陳平傳：「平何食而肥也？」子虛賦注云：「曼，澤也。」晏案：韓非子：「當舜之時，有苗不服，禹修教三年，執干戚舞，有苗乃服。」淮南子：「禹執干戚舞於兩階之間而三苗服。」高誘注：「三苗畔禹，禹風以禮樂，而服之懷來也。」尸子：「禹疏江決河，手不爪，脛不生毛，偏枯之病，步不相過，人曰禹步。」吳越春秋：「禹服三年，形體枯槁，面目黎黑。」史記李斯傳：「禹股無胈，脛無毛，手足胼胝，面目犂黑，雖臣虜之勞，不烈於此矣。」漢書司馬相如傳：「夏后氏胼胝無胈，膚不生毛。」尚書大傳：「禹其跳。其跳者，踦也。」法言：「姒氏治水土，而巫步。」多言禹勞心焦思，形體之敝如此，復何能平脅曼膚，肥其肌理乎？一說：海外西經：「形天與帝爭神，帝斷其首，葬之常羊之山，乃以乳爲目，以臍爲口，操干戚以舞。」言帝既戮之，猶執干盾以舞，如此終不服化之民，將何以懷柔之也？斷其首則與脅俱平。說文：「脅，兩膀也。」曼，讀如「曼胡」之曼，不分明貌。其狀如此，又何以食而肥其身乎？

有扈牧豎，云何而逢？擊牀先出，其命何從？命何，亦作「何所」。

章句：言有扈氏本牧豎之人耳，因何逢遇而得爲諸侯乎？又云：言啓攻有扈之時，親於其牀上擊而殺之，其先人失國之原，何所從出乎？

箋云：有扈牧豎，即上文「終弊於有扈，牧夫牛羊」是也。言啓既逢扈而戰於甘澤，少康又逢澆而牧於有仍，何以屢逢此殃也？「擊牀先出」，謂少康使汝艾諜澆，澆與女岐同館而宿，迨汝艾入擊其牀，澆已先出，誤斷女岐之首。夫澆潛踪而出，誰實命之而使行乎？言其幸免於一時也。史記夏本紀，太史公曰：「禹爲姒姓，其後分封，用國爲姓，故有夏后氏、有扈氏。」呂氏春秋季春紀高誘注：「有扈，夏同姓諸侯。」尚書正義云：「孔、馬、鄭、王與皇甫謐等，皆言有扈與夏同姓，並依世本之文。」陸氏釋文云：「有扈，國名，與夏同姓。馬云：『姒姓之國，爲無道者。』」據此，則有扈與夏爲同姓諸侯。叔師謂「有扈本牧豎之人」，未聞其義。又案：尚書「啓與有扈戰於甘」，史記集解引馬融：「甘，有扈氏南郊地名。」續漢書郡國志：「鄠有甘亭。」劉昭注引帝王世紀云：「在縣南。夏啓伐扈，大戰於甘。」經典釋文亦引馬云：「甘，南郊地也。甘，水名，今在鄠縣西。」晏案：馬説甚確。呂覽先已言「啓與有扈戰於甘澤」。則可知其爲水名矣。

恒秉季德，焉得夫朴牛？何往營班禄，不但還來？

章句：恒，常也。季，末也。朴，大也。言湯常能秉持契之末德，修而宏之，天嘉其志，出田獵，得大牛之瑞也。營，得也。班，偏也。言湯往田獵，不但馳驅往來也。還輒以所獲得禽獸，偏施禄惠於百姓也。

箋云：此指湯也。襄二十九年：季札「見舞韶濩〔一〕者，曰：『聖人之弘也，而猶有慙德。』」帝王世紀：「湯遷九鼎至於大坰而有慙德。」故曰「恒秉季德」。廣雅：「朴，大也。」大牛，喻桀也。呂氏春秋簡選云：「殷湯良車七十乘，必死六千人，以戊子戰於郕，遂禽推移大犧。」高誘注：「桀多力，能推移大犧，因以爲號，而禽克之。」淮南主術訓：「桀之力推移大犧，然湯革車三百乘，困之鳴條，擒之焦門。」大犧，即大牛。得，謂獲得也。班禄，即商頌云「殷受命咸宜，百禄是荷」也。又案：北山經：「敦薨之山」，其獸多「旄牛」。郭注：「或作樸牛。樸牛，見離騷天問，所未詳。」晏謂：樸與朴同，樸牛即旄牛也。旄牛最大，故叔師訓朴爲大也。莊子逍遥游云：「犛牛其大若垂天之雲，無能爲大矣，而不能執鼠。」釋文引司馬云：「旄牛。」後漢書西南夷傳：「旄牛無角，一名童牛，肉重千斤。」爾雅釋畜謂之「犩牛」，顔監注：「上林賦謂之偏牛。」皆同物而異名也。

昏微遵迹，有狄不寧。何繁鳥萃棘，負子肆情？遵，一作循。

章句：昏，闇也。循，遵也。迹，道也。言人有循闇微之道，爲淫佚夷狄之行，不可以安其身也。謂晉大夫解居父也。言解居父聘於吴，過陳之墓門，見婦人負其子，欲與之淫，佚肆其情慾。婦人則引詩刺之曰：「墓門有棘，有鴞萃止。」故曰「繁鳥萃棘」也。言墓門有棘，雖無人棘上，猶有鴞，汝獨不愧也？

箋云：《續列女傳》：「辯女者，陳國採桑之女也。晉大夫解居甫使於宋，道過陳，採桑之女歌曰：『墓門有棘，斧以斯之。』又歌曰：『墓門有楳，有鴞萃止。』」是叔師所據也。晏案：狄，謂簡狄也。昏微，恍惚之意。遵迹，履迹也。爾雅釋訓：「履帝武敏。武，迹也。」史記殷本紀：「帝嚳妃三人行浴，簡狄吞玄鳥卵。」故以姜嫄履跡配言之。譙周古史考亦言，「契母與宗婦三人浴於川，玄鳥遺卵，簡狄吞之。」大戴禮帝系篇「帝嚳上妃有邰氏之女」云云，故云三人。繁鳥，指玄鳥也。商頌玄鳥毛傳云：「有娀氏女簡狄配高辛氏帝，帝率與之祈於郊禖而生契。故本其爲天所命，以玄鳥至而生焉。」古者郊禖之禮，帶以弓韣，授以弓矢於郊禖之前。記月令、呂覽、生民毛傳並有此文。棘，棘矢也。矢用棘者，以祓不祥，猶子生用桑弧蓬矢也。負者，三日負子也。禮内則曰：「國君世子生」，「三日，卜士負之，吉者宿齊朝服寢門外，詩負之」。「保受乃負之，宰醴負子，賜之束帛」。爾雅釋詁云：「肆，今也。」一説：皆指姜嫄而言。生民正義：「河圖云：『姜嫄履大人迹生后稷。』中侯稷起云：『狄，遠也。』」本毛傳。謂遠至野也。鷩鳥，即詩「鳥覆翼之」。説文：「棘，小棗叢生者。」又曰：「平地有叢木。」即詩所謂「寘之平林」也。負子，謂襁負其子。肆，棄也。漢書揚雄傳服虔注有此訓。

眩弟並淫，危害厥兄。何變化以作詐，而後嗣逢長？

章句：眩，惑也。厥，其也。言象爲舜弟，眩惑其父母，並爲淫泆之惡，欲其危害舜也。又云：言象欲殺舜，變化其態，内作姦詐，使舜治廩，從下焚之，令舜浚井，從上寘之，終不能害舜。舜爲天子，封象于有畀，而後嗣之子孫長爲諸侯。

箋云：一説：眩弟，謂慶父、叔牙，皆魯莊公母弟。《左傳》：「慶父通於哀姜以脅公。」是二子眩惑其嫂，並爲淫亂，既謀弒兄，又殺其兄之二子。何變化作詐若此，而季友猶爲之立後於魯也？

成湯東巡，有莘爰極。何乞彼小臣，而吉妃是得？

章句：有莘，國名也。爰，於也。極，至也。言湯東巡狩，將至有莘國，以爲婚姻也。小臣，謂伊尹也。言湯東巡狩，從有莘氏乞匄伊尹，因得吉善之妃，以爲内輔也。

箋云：墨子：「伊尹爲莘氏女師僕，使爲庖人，湯得而舉之，立爲三公。」呂氏春秋：「湯聞伊尹，使人請之，有侁氏不可。伊尹亦欲歸湯，湯於是請娶婦，爲婚有侁氏，請以伊尹媵女。」史記殷本紀：「伊尹欲干湯無由，乃爲有莘氏媵臣，負鼎俎，以滋味説湯致于王道。」帝王世紀：「湯夢人負鼎抱俎，對己而歎，寤而占曰：『鼎爲和味，俎者割截，豈有爲我宰者哉？』時伊摯耕於有莘之野，湯聞，以幣聘之。有莘之君留而不進，湯乃求婚于有莘之君，遂以摯爲媵臣，至亳，乃負鼎抱俎而見湯。」高誘注呂覽曰：「侁，讀曰莘。」晏案：侁、莘古通。毛詩皇皇者華「駪駪征夫」，招魂章句引作「侁侁」，説文引作「莘莘」，文選西都賦引毛傳亦作「莘莘」。元和郡縣志：「故莘城在汴州陳留縣東北三十五里，古莘國地。」湯都南亳在今商丘，有莘在其東，故曰「東巡」。後漢崔琦傳「有莘崇湯」，注：「列女傳曰：『湯娶有莘氏女，德高而明，伊尹爲之媵臣，佐湯致王，訓正後宮，嬪御有序，咸無嫉妒也。』」

水濱之木，得彼小子。夫何惡之，媵有莘之婦？惡，烏路反。

章句：小子，謂伊尹。媵，送也。言伊尹母妊身，夢神女告之曰：「臼竈生鼃，亟去無反。」

居無幾何，臼竈中有生鼃，母去東走，顧視其邑，盡爲大水，母因溺死，化爲空桑之木。水乾之後，有小兒啼水涯，人取養之，既長大，有殊才。有莘惡伊尹從木中出，因以送女也。

箋云：呂氏春秋本味篇：「有侁氏女子採桑，得嬰兒於空桑之中，獻之其君。」「曰：『其母居伊水之上，孕，夢有神告之曰：「臼出水而東走，毋顧。」明日，視臼出水，告其鄰，東走十里，而顧其邑盡爲水，身因化爲空桑。』故命之曰伊尹。」書正義引大傳曰：「伊尹母孕，行汲水，化爲枯桑。其夫尋至水濱，見桑穴中有兒，乃收養之。」今大傳無此文。

湯出重泉，夫何辠尤？不勝心伐帝，夫誰使挑之？辠，本亦作罪。

章句：重泉，地名也。言桀拘湯於重泉而復出之，夫何用罪法之不審也？帝，謂桀也。言湯不勝衆人之心，而以伐桀，誰使桀先挑之也？

箋云：太公金匱：「桀怒湯，用諛臣趙梁計，召而囚之均臺，寘之重泉。湯行賂，桀釋之。」「不勝心」者，不快於衆心也。書稱衆言汝后「不恤我衆，舍我穡事，而割正夏」是也。言湯既不勝衆人之心，而猶且伐帝者，果孰挑之使伐耶？意謂雖伊尹導之，而亦湯之自爲，非由夫人挑之也。挑者，引動之意，猶孟子所云「要湯」，史記所云「干湯」也。

會鼂爭盟，何踐吾期，蒼鳥羣飛，孰使萃之？

章句：言武王將伐紂，紂使膠鬲視武王師。膠鬲問曰：「欲以何日至殷？」武王曰：「以甲子日。」膠鬲還報紂。會天大雨，道難行，武王晝夜行。或諫曰：「雨甚，軍士苦之，請且休息。」武王曰：「吾許膠鬲以甲子日至殷，今報紂矣。吾甲子不到，紂必殺之。吾亦不敢休息，欲救賢者之死也。」遂以甲子日朝誅紂，不失期也。蒼鳥，鷹也。萃，集也。言武王伐紂，將帥勇猛如鷹鳥羣飛，誰使武王集聚之者乎？詩云「惟師尚父，時惟鷹揚」也。

箋云：呂氏春秋貴因篇：「武王至鮪水，殷使膠鬲侯師，武王曰：『將以甲子至殷郊，子以是報矣。』膠鬲行，天雨日夜不休，武王疾行不輟。軍師皆諫曰：『卒病，請休之。』武王曰：『吾已令膠鬲以甲子之期報其主矣，今甲子不至，是令膠鬲不信也，其主必殺之。吾疾行，以救膠鬲之死也。』武王果以甲子至殷郊。」叔師本諸呂覽。柳對亦云：「膠鬲比㩌，雨行踐期。」後漢文苑傳，高彪箴曰：「呂尚七十，氣冠三軍。詩人作歌，如鷹如鸇。」杜篤傳云：「勇惟鷹揚，軍如流星。」謝該傳云：「尚父鷹揚，方叔翰飛。」一說：蒼鳥，蒼雉也。史記齊世家：「師尚父左杖黃鉞，右把白旄以誓，曰：『蒼兕蒼兕，總爾衆庶，與爾舟楫，後至者斬。』」索隱曰：本或作「蒼雉」。萃，聚也，即所謂「總爾衆庶」也。

到擊紂躬，叔旦不嘉。何親揆發，定周之命以咨嗟。一無「何」字，一無「之」、「以」二字。到，一作列，柳集作「到」。定，柳集作「足」。

章句：旦，周公名也。嘉，美也。言武王始至孟津，八百諸侯不期而到，皆曰：「紂可伐也。」白魚入於王舟，羣臣咸曰：「休哉！」周公曰：「雖休勿休。」故曰「叔旦不嘉」也。揆，度也。言周公於孟津，揆度天命，發足還師而歸，當此之時，周之命令已行天下，百姓咨嗟，歎而美之也。

箋云：白魚入舟，出今文泰誓。尚書大傳曰：「太子發升於舟，中流，白魚入於舟中，羣公咸曰：『休哉！』周公曰：『茂哉！茂哉！天之見此以勸之也。』」史記周本紀：「武王渡河，中流，白魚躍入王舟中，武王俯取以祭。」漢書董仲舒傳，書曰：「白魚入于王舟，周公曰：『復哉！復哉！』」小顏注：「今文尚書泰誓之辭也。」終軍傳：「昔武王中流未濟，白魚入于王舟，俯取以燎。羣公咸曰：『休哉！』」今叔師注獨有「雖休勿休」之語，不詳所出何書。又案：「八百諸侯不期而到」，亦本今文泰誓。書正義載馬融書序引泰誓曰：「八百諸侯不召自來，不期同時，不謀同辭。」史記周本紀亦云：「不期而會盟津者八百諸侯。」漢書婁敬傳：「武王伐紂，不期而會盟津之上者八百諸侯。」周本紀：「紂自燔于火而死。武王入，至紂死所，武王自射之三發，而後下車，以輕劍擊之，以黃鉞斬紂頭，縣大白之旗。」即所謂「到擊紂躬」也。言武王擊紂之時，公把大鉞，輔翼甚忠，何管、蔡肆其流言，而忽疑公之不嘉耶？「不嘉」者，猶金縢云「不利」也。以揆謀發策之勳，躬佐大命，而不免居東，作詩咨嗟太息，甚矣讒言之易惑也。忠而被讒，豈獨周公哉？屈子所爲自況也。

授殷天下，其位安施？反成乃亡，其罪伊何？反，一作及。

章句：言天始授殷家以天下，其王德位安所施用乎？善施若湯也。又云：言殷王德位已成，反覆亡之，其罪維何乎？罪若紂也。

箋云：「授殷天下」，言天授周以殷之天下也。施，移也。史記衛綰傳「劒人之所施易」，注：「施，讀曰移。」言周之滅殷，固謂天畀而授之矣。然大室之位果孰移之乎？蓋武王自移之也。然則天命，帝謂亦有難諶者矣。「反成乃亡」者，淮南言：「紂之士億有餘萬，然皆倒戈而射，旁戟而戰。」史記言：「紂師雖衆，皆無戰之心，心欲武王亟入，紂師皆倒兵以戰，以開武王。武王馳之，紂兵皆崩，畔紂。」言殷民反而向周，以成其罪，紂果何罪而臣民叛之如是耶？屈子之意，蓋同於易暴之悲也。

爭遣伐器，何以行之？並驅擊翼，何以將之？

章句：伐器，攻伐之器也。言武王伐紂，發遣干戈攻伐之器，爭先在前，獨何以行之乎？言武王三軍，人人樂戰，並載驅載馳，赴敵爭先，前歌後舞，如鳧藻歡呼，奮擊其翼，獨何以將率之乎？一云「前歌後舞，如鳥噪呼」。

箋云：書大傳：「惟丙午，王還師，前師乃鼓鼗躁，師乃慆，前歌後舞。」是叔師所本也。牧誓言「左仗黃鉞，右秉白旄，稱爾戈，比爾干，立爾矛」，所謂「爭遣伐器」也。太公六韜「翼其兩旁，擊其左右」，風后握奇經有虎翼陳，「虎居於中，張翼以進」。所謂「並驅擊翼」也。言此貔虎之衆，何以左右陳行，又何以奉將天罰乎？「何以」者，言何以忍而出此也。玉門之錫，猶是天王坶野之師，忽同讎敵，屈子所爲慨然歟？

昭后成遊，南土爰底。厥利惟何，逢彼白雉？

章句：爰，於也。底，至也。言昭王背成王之制而出游，南至於楚，楚人沈之，而遂不還也。厥，其也。逢，迎也。言昭王南游，何以利於楚乎？此爲越裳氏獻白雉，昭王德不能致，欲親往逢迎之乎？

箋云：韓詩外傳：「成王之時，越裳氏獻白雉於周公。」孝經援神契：「周成王時，越裳獻白雉，去京師三萬里。」白雉是成王時事，昭王德不能致，故往逢迎之。左傳僖四年，管仲曰：

「昭王南征而不復，寡人是問。」杜注：昭王「南巡守，涉漢，船壞而溺」。正義曰：「舊説漢濱之人以膠膠船，故得水而壞，昭王溺焉。」不知本出何書。考帝王世紀：「昭王德衰，南征，濟於漢。船人惡之，以膠船進王。王御船，至中流，膠液船解，王没於水中而崩。」舊説本於皇甫謐也。又，史記周本紀：「昭王南巡狩不返，卒於江上。」吕氏春秋季夏紀音初篇：「周昭王親將征荆，辛餘靡長且多力，爲王右。還反涉漢，梁敗，王及蔡公抎於漢中。辛餘靡振王北濟，又反振蔡公。」諸家所説互異。叔師言「楚人沈之」，當得其實。此召陵之師，敬仲所爲致問也。西河補注：「案竹書紀年，昭王之季，荆人卑詞致王曰：『願獻白雉。』昭王信之而南巡，遂遇害。是昭之南游，本利而迎之也，而卒以遇害，故曰何所利也。」

穆王巧梅，夫何周流？環理天下，夫何索求？梅，芒改反。「周」上一有「爲」字。柳集有「爲」字。

章句：梅，貪也。言穆王乃巧於辭令，貪好攻伐，遠征犬戎，得四白狼、四白鹿，自是後夷狄不至，諸侯不朝。穆王乃更巧調，周流而往説之，欲以懷來也。環，旋也。言王者當修道德，來四夷，穆王何爲乃周旋天下而求索之也？

箋云：方言：「梅，貪也。」或省手，漢書賈誼傳「品庶每生」，孟康曰：「每，貪也。」周語：

「穆王征犬戎，得四白狼、四白鹿以歸，自是荒服者不至。」列子：「周穆王駕八駿之乘，遂宿於崑崙之阿、赤水之陽。別日升崑崙之丘，觀黃帝之宮而封之，遂賓於西王母，觴於瑤池之上，乃觀日之所入。一日行萬里。」又：「穆王大征西戎，西戎獻錕鋙之劍、火浣之布。」竹書紀年沈約注：「穆王北征。征行流沙千里，積羽千里，征犬戎，取其五王以東。西征於青鳥所解。西征環，履天下億有九萬里。」索求，如天王求車、求金之類。

妖夫曳衒，何號於市，周幽誰誅，焉得夫褒姒？一本作「曳銜」，誤。

章句：妖，怪也。號，呼也。昔周幽王前世有童謠曰：「檿弧箕服，實亡周國。」後有夫婦賣是器，以爲妖怪，執而曳戮之於市也。褒姒，周幽王后也。昔夏后氏之衰也，有二神龍止於夏庭，而言曰：「余，褒之二君也。」夏后布幣請而告之，龍亡而漦在，櫝而藏之。夏亡傳殷，殷亡傳周，比三代莫敢發也。至厲王之末，發而觀之，漦流於庭，化爲玄黿。入王後宮，後宮處妾遇之而孕，無夫而生子，懼而棄之。時被戮夫婦夜亡，道聞後宮處妾所棄女啼聲，哀而收之，遂奔褒。褒人後有罪，幽王欲誅之。褒人乃入此女以贖罪，是爲褒姒。用以爲后，惑而愛之，遂爲犬戎所殺也。

箋云：鄭語：「宣王之時有童謠曰：『檿弧箕服，實亡周國。』於是宣王聞之。有夫婦鬻是器者，史記作「賣是器者」。王使執而戮之。府之小妾生女而非主子也，懼而棄之。此人也，收以奔褒。褒人有獄而以爲入，史記云：「逃于道，而見鄉者後宮童妾所棄妖子，聞其夜號，哀而收之，夫婦遂亡，犇于褒。褒人有罪，請入童妾所棄女子者于王以贖罪。棄女子出于褒，是爲褒姒。」天之命此久矣，其又可爲乎？訓語有之，曰：「夏之衰也，褒人之神化爲二龍，以問於王庭，史漢作「止於夏帝庭」。而言曰：『余褒之二君也。』夏后卜殺之與去之與止之，莫吉。卜請其漦而藏之，吉。乃布幣焉，而策告之。龍亡而漦在，櫝而藏之，傳郊之。及殷周，莫之發也。及厲王之末，發而觀之，漦流於庭，不可除也。王使婦人不幃而譟之，化爲玄黿，以入于王府。府之童妾，未亂而遭之，未亂，史記作「既齔」。既笄而孕，當宣王而生，不夫而育，故懼而棄之。爲弧服者，方戮在路，夫婦哀其夜號也，而取之以逸，逃於褒。褒人褒姁有獄，而以爲入于王。王遂置之，而嬖是女也，使至于爲后，而生伯服。」史記周本紀載此文，稱「周太史伯陽讀史記」云云。漢書五行志亦引史記。劉向以爲夏后季世、周之幽厲皆誖亂，故有龍黿之怪，近龍蛇孽也。漦，血也，一曰沫也。檿弧，桑弓也。箕服，蓋以萁草爲箭服，近射妖也。女童謠者，禍將生于女，國以兵寇亡也。曳者，其行曳踵也。說文：「衒，行且賣也。或从衙。」漢書東方朔傳「自衒鬻者以千數」，小顏注：「衒，行賣也。」

天命反側，何罰何佑？齊桓九合，卒然身殺。

章句：言天道神明降與人之命反側無常，善者佑之，惡者罰之。言齊桓公任管仲，九合諸侯，一匡天下；任豎刁、易牙，子孫相殺，蟲流出户。一人之身，一善一惡，天命無常，罰佑之不恒也。

箋云：漢書郊祀志：「兵車之會三，乘車之會六，九合諸侯，一匡天下。」師古曰：「兵車之會三，謂莊十三年會于北杏，以平宋亂；僖四年侵蔡，蔡潰，遂伐楚，次于陘；六年伐鄭，圍新城也。乘車之會六，謂莊十四年會于鄄，十五年又會于鄄，十六年同盟于幽，僖五年會于首止，八年盟于洮，九年會于葵丘也。」史記：「桓公病，五公子各樹黨爭立。及公卒，遂相攻，以故宮中空，莫敢棺公，尸在牀上六十七日，尸蟲出於户。」呂氏春秋：「易牙、豎刁、常之巫相與作亂，桓公蒙衣袂而絶乎壽宫，蟲流出于户，上蓋以楊門之扇，三月不葬。」

彼王紂之躬，孰使亂惑？何惡輔弼，讒諂是服？惡，烏路反。諂，一作調。

章句：惑妲己也。服，事也。言紂惡輔弼，不用忠直之言，而事用讒諂之人也。

箋云：史記殷本紀：紂「嬖於婦人。愛妲己，妲己之言是從」。索隱曰：「國語有蘇氏女，妲字，己姓也。」後漢文苑傳崔琦外戚箴：「暴辛惑婦，拒諫自孤。」此之謂矣。

比干何逆，而抑沈之？雷開何順，而賜封之？本一作「阿順」、「賜封之金」。

章句：比干，聖人，紂諸父也。諫紂，紂怒，乃殺之，剖其心也。雷開，佞臣也。阿順於紂，乃賜之金玉而封之也。

箋云：史記：比干「强諫紂，紂怒，曰：『吾聞聖人心有七竅。』剖比干，觀其心」。《韓詩外傳》：「紂爲炮烙，比干諫，紂殺之，剖其心。」九章涉江云：「比干菹醢。」案：紂之佞臣，尸子有王子須，韓非子有費仲，淮南子有左强，古今人表列費仲、飛廉、惡來、左强四人，皆雷開之黨也。吕氏春秋：「雷開進諛言，紂賜金玉而封之。」

何聖人之一德，卒其異方？梅伯受醢，箕子佯狂？一本作「詳狂」，古通用。

章句：聖人，謂文王也。卒，終也。言文王仁聖，能純一其德，則天下異方，終皆歸之也。梅伯，紂諸侯也。言梅伯忠直而數諫，紂怒，乃殺之。菹醢其身。箕子見之，則被髮佯狂也。

箋云：春秋繁露：「紂殺梅伯以爲醢，刑鬼侯之女，取其環。」淮南子俶真訓：「醢鬼侯之女，菹梅伯之骸。」高誘注：「鬼侯、梅伯，紂時諸侯。梅伯説鬼侯之女美好，令紂妻之。女至，紂以爲不好，故醢鬼侯之女，菹梅伯之骸。」又，説林訓：「紂醢梅伯，文王與諸侯搆之。」史記殷本紀：「九矦有好女，入之紂。九矦女不喜淫，紂怒，殺之，而醢九矦。」王符潛夫論：「昔紂好色，九矦獻厥女，紂大喜，以爲天下之麗莫若此。妲己懼，乃俯而泣曰：『君之年即耄邪？何貌惡若此而謂之好也？』因白九矦之不道，乃欲以此惑君王，弗誅，何以革後？紂遂脯厥女，而烹九矦。」據此，則梅伯因説九矦獻女致醢。叔師謂忠直干紂怒，其説爲異。又，史記殷本紀：紂殺比干，「箕子懼，乃詳狂爲奴，紂又囚之」。宋微子世家：「箕子諫，不聽。人或曰：『可以去矣。』箕子曰：『爲人臣諫不聽而去，是彰君之惡而自説於民，吾不忍爲也。』乃披髮佯狂而爲奴，遂隱而鼓琴以自悲，故傳之曰箕子操。」韓詩外傳：「箕子曰：『知不用而言，愚也。殺身以彰君之惡，不忠也。二者不可，然且爲之，不祥莫大焉。』遂披髮佯狂而去。」淮南齊俗訓：「箕子被髮佯狂，以免其身也。」古今樂録：「箕子佯狂，痛宗廟之爲墟，乃作歌曰：『嗟嗟，紂爲無道殺比干，嗟復重嗟獨奈何？漆身爲厲，被髮以佯狂，今奈宗廟何？天乎天哉！欲負石，自投河，嗟復嗟，奈社稷何？』後傳以爲操。」惜誓云：「比干忠諫而剖心兮，箕子被髮而佯狂。」又案：古佯與詳通。史記孝武本紀「乃爲帛書以飯牛，詳弗知也」，即佯字。

稷惟元子，帝何竺之？投之于冰上，鳥何燠之？陸云：竺，一作篤。燠音郁。柳集作「篤」。

章句：元，大也。帝，謂天帝也。竺，厚也。言后稷之母姜嫄，出見大人之迹，怪而履之，遂有娠而生后稷。稷生而仁賢，天帝獨何以厚之乎？投，棄也。燠，温也。言姜嫄以后稷無父而生，棄之于冰上，鳥以翼覆薦温之，以爲神，乃取而養之。詩云：「誕寘之寒冰，鳥覆翼之。」

箋云：釋詁：「竺，厚也。」釋文：「本字又作篤，同。」説文二部：「竺，厚也。从二，竹聲。」史記周本紀：稷「棄渠中冰上，飛鳥以其翼覆薦之」。吴越春秋：「復置於澤中冰上，衆鳥以翼覆之。」冰寒，故言燠也。

何馮弓挾矢，殊能將之？既驚帝切激，何逢長之？

章句：馮，大也。挾，持也。言后稷長大，持大强弓，挾箭矢，桀然有殊異，將相之才也。帝，謂紂也。言武王能奉承后稷之業，致天罰，加誅切激，而數其過。何逢後世繼嗣之長？

箋云：此皆指文王言。周〔一三〕本紀：「崇侯虎譖西伯於殷紂」，「帝紂乃囚西伯於羑里。閎天之徒患之，乃求有莘氏美女、驪戎之文馬、有熊九駟，他奇怪物，因紂嬖臣費仲而獻之紂。紂大説」，「乃赦西伯，賜之弓矢斧鉞，使西伯得征伐」。皇王大紀：「昌獻洛西之地，請除炮烙之刑。紂大喜，許之，賜之弓矢斧鉞，使專征伐。」「馮弓挾矢」，猶大招所謂「執弓挾矢」也。「驚帝切激」，謂囚羑里時也。竹書紀年：「帝辛二十三年，囚西伯於羑里。」太公六韜：「商王囚西伯於羑里，太公與散宜生求得雞斯之乘，以獻商王。」賈誼新書：「文王桎梏於羑里，七年而後得免。」琴操云：「文王在羑里時，演易八卦爲六十四。」言既見驚帝紂切激而怒之，何復使之專征，致其後嗣之逢長也？

伯昌號衰，秉鞭作牧。何令徹彼岐社，命有殷之國。一本無「之」字。

章句：伯昌，謂文王也。秉，執也。鞭以喻政。言紂號令既衰，文王執鞭持政，爲雍州之牧也。徹，壞也。社，土地之主也。言武王既誅紂，令壞邠岐之社，言已受天命，而有殷國，徙以爲天下大社也。

箋云：昌，文王名昌，爲西伯，故謂之伯昌，號召于衰時也。竹書：「太丁四年，周公季歷伐余無之戎，克之，命爲牧師。」文王八命作牧，襲父位也。鞭以喻政，若賈生言「奮長策而御宇内」是也。公劉詩云「徹田爲糧」，傳：「徹，治也。」竹書：「帝辛三十二年，有赤烏集於周社。」蓋周自是始受天命矣。

遷藏就岐何能依？殷有惑婦何所譏？

章句：言太王始與百姓遷其室藏，來就岐下，何能使其民依倚而隨之也？惑婦，謂妲己也。譏，諫也。言妲己惑誤於紂，不可復譏。

箋云：藏，謂藏主於室也。左傳莊十四年：「命我先人典司宗祏。」杜注：「宗祏，宗廟中藏主石室。」遷藏主而就岐下。綿之歌古公曰「作廟翼翼」，此其證也。易益之四爻曰：「利用爲依遷國。」柳集天對云：「踰梁槖囊，糧石蟻萃。」謂槖囊裹糧，則以藏爲蓋。藏之義，與章句同。

受賜茲醢，西伯上告。何親就上帝罰，殷之命以不救？「帝」下有「之」字。

章句：茲，此也。西伯，文王也。言紂醢梅伯以賜諸侯，文王受之以祭，告語於上天也。上帝，謂天命也。言天帝親致紂之罪罰，故殷之命不可復救也。

箋云：帝王世紀：「伯邑考質於殷，爲紂御。紂烹以爲羹，賜文王，謂文王：『聖人當不食其子羹。』文王得而食之。紂曰：『誰謂西伯聖者，食其子羹尚不知也。』」言西伯受其子醢，乃上愬於帝，帝罰之，而殷命遂以不救也。一説：受，紂之字也。周書無逸云：「毋若殷王受之迷亂。」立政云：「其在受德忞。」逸周書克殷解云：「殷末孫受德。」孔鼂注云：「紂字受德。」呂氏春秋當務云：「受德乃紂也。」

師望在肆昌何識？鼓刀揚聲后何喜？柳集「識」作「志」。

章句：師望，謂太公也。昌，文王名也。言太公在市肆而屠，文王何以識知之也？后，謂文王也。言吕望鼓刀在列肆，文王親往問之，吕望對曰：「下屠屠牛，上屠屠國。」文王喜，載與俱歸也。

箋云：劉向說苑：「太公嘗屠牛於朝歌，賣飯於孟津。」史記索隱引譙周同。桓寬鹽鐵論：「太公屠牛於朝歌，利不及妻子。」離騷云：「吕望之鼓刀兮，遭周文而得舉。」章句：「鼓，鳴也。太公聞文王作興而往歸之，至朝歌，道窮困，自鼓刀而屠。」文選聖主得賢臣頌「太公困於鼓刀」，李善注引尉繚子曰：「太公屠牛朝歌。」文子曰：「吕望鼓刀而入周。」

武發殺殷何所悒？載尸集戰何所急？悒音邑。

章句：言武王發欲誅殷紂，何所悁悒而不能久忍也？尸，主也。集，會也。言武伐紂，載文王木主，稱「太子發」，急欲奉行天誅，爲民除害也。

箋云：逸周書：「武王適王所，乃克射三發，而後下車，擊之以輕吕，斬之以黄鉞，折縣諸太白。」墨子：「武王折紂，而繫之赤環，載之白旗。」論衡：「紂赴火死，武王就斬以鉞，懸其首于太白之旗。」其説皆與史公合。言湯伐夏桀，第放南巢。至武王乃親射之而親斬之，何所憤悒而爲此乎？周本紀：「九年，武王上祭於畢。東觀兵，至于孟津。爲文王木主，載以軍中車。武王自稱太子發，言奉文王以發，不敢自專。」淮南齊俗訓：「武王伐紂，載尸而行，海内未定，故不爲三年之喪。」高誘注：「尸，文王之木主也。」言文王薨，未十載，遽易服事之誠而東伐紂，何迫急之甚也？

伯林雉經，維其何故？何感天抑墜，夫誰畏懼？

章句：伯，長也。林，君也。謂言太子申生爲後母驪姬所譖，遂雉經而自殺也。言驪姬讒殺申生，其宽感天，又讒逐羣公子，當復誰畏懼也？

箋云：晉語：「太子雉經於新城之廟。」左傳：「姬謂太子曰：『君夢齊姜，必速祭之。』太子祭於曲沃，歸胙於公。公田，姬寘諸宫六日。公至，毒而獻之。公祭之地，地墳。」「感天」者，謂姬託言感夢也。「抑墜」者，謂公以毒祭地也。「畏懼」者，晉語稱「太子恐而出奔新城」是也。「夫誰」云者，言太子惟獻公是懼，抑亦畏驪姬之譖也。爾雅釋詁：「林，君也。」郭注：「詩曰『有壬有林』。」漢書律志亦云：「林，君。」隸釋平都相蔣君碑：「於穆林烝，實乾所生。」申生曾立爲太子，故稱君。一説：王充云：「申生雉經，林木震賔。」則似伯曾雉于林中者，當以「林雉經」爲文。「感天抑地」，言感激天地也。左傳僖十年：狐突遇太子，太子曰：「夷吾無禮，余得請於帝矣。將以晉畀秦。」狐突不可。後又因巫者以見，復告曰：「帝許我伐有罪矣，敝于韓。」即其事也。「夫誰畏懼」，言誰使之見畏懼于晉也。

皇天集命，惟何戒之？受禮天下，又至〔一三〕使代之？

章句：言皇天集祿命而與王者，王者何不常畏慎而戒懼也？又云：言王者既已循行禮義，受天之命，而王有天下矣，又何爲至使他姓代之乎？

箋云：戒，猶命也。本《聘禮》注。言何以命之乎？言命不于常，以見天之難諶也。

初湯臣摯，後茲臣輔。何卒官湯，尊食宗緒？

章句：言湯初舉伊尹，以爲凡臣耳。後知其賢，乃以備輔翼承疑，用其謀也。卒，終也。言伊尹佐湯命，終爲天子，尊其先祖，以王者禮樂祭祀，緒業流於子孫。

案：湯初見尹，一媵臣耳，後乃承命輔治矣。尊食，猶配食也。竹書：「沃丁八年，祠保衡。」書序「沃丁」，正義引皇甫謐云：「沃丁八年，伊尹卒，卒年百有餘歲。大霧三日。沃丁葬之，以天子禮葬，祀以太牢，親臨喪，以報大德。」伊尹子，史記有「伊陟相太戊」。竹書又言：「立其子伊陟。」

勳闔夢生，少離散亡。何壯武厲，能流厥嚴？嚴，五郎反。

章句：勳，功也。闔，吴王闔廬也。夢，闔廬祖父壽夢。壽夢卒，太子諸樊立。諸樊卒，傳弟餘祭。餘祭卒，傳弟夷末。夷末卒，太子王僚立。闔廬，諸樊之長子也，恐不得爲王，少離散，亡放在外。乃使專諸刺王僚，代爲吴王。子孫世盛，以伍子胥爲將，大有功勳也。壯，大也。言闔廬少小離亡，何能壯大，厲其勇武，流其威嚴也？

箋云：叔師注本史記吴世家。夷末，史記作「餘眛」，吴越春秋同。公羊傳作「夷眛」，史記索隱引世本同。春秋昭十五年作「夷末」。專諸，左傳作「鱄設諸」，史記作「專諸」。吴越春秋：「王僚二年，使公子光伐楚，吴師敗而亡舟。」即昭十七年左傳：「戰於長岸」，楚師「大敗吴師，獲其乘舟餘皇」。離，罹也。言少曾罹敗亡之憂也。晏案：嚴，即莊字，避漢明帝諱改，謂楚莊王也。昔楚莊任伍舉直諫而戰霸，見史記及吴越春秋。闔廬用伍員爲將而復讎。厲，惡也。言闔壯武有篡弑之惡行，何其流風竟似我先君莊也？蓋深慨楚國不能用賢，殺子胥之父兄，以致出亡報怨，爲吳所敗。援往事以警今日也。

彭鏗斟雉帝何饗？受壽永多夫何長？柳集作「久長」。

章句：彭鏗，彭祖也。好和滋味，善斟雉羹，能事帝堯，帝堯美而饗食之。言彭祖進雉羹于堯，饗食之以壽考。彭祖至八百歲，猶自悔不壽，恨枕高而唾〔四〕遠也。

箋云：論語「老彭」，邢疏：「世本紀：『姓籛名鏗，在商爲守藏史，在周爲柱下史，年八百歲。』」史記楚世家：「陸終生子六人」，「三曰彭祖」。虞翻曰：「名翦，爲彭姓，封于大彭。」正義曰：「神仙傳云彭祖諱鏗，帝顓頊之玄孫，至殷末年已七百六十七歲而不衰老，遂往流沙之西，非壽終〔五〕也。」漢書王褒傳如淳曰：「五帝紀：彭祖，堯、舜時人。」荀子修身篇楊倞注：「彭祖，堯臣，名鏗，封於彭城，經虞、夏至商，壽七百歲也。」莊子大宗師：「彭祖得之，上及有虞，下及五霸。」郭象注：「年八百歲。」又，逍遥遊釋文：「彭祖，李云：『名鏗。堯臣，封於彭城，歷虞、夏至商，七百歲，故以久壽見聞。』」「崔云：『堯臣，仕殷世。其人甫壽七百歲。』」又引王逸注楚辭云：「彭鏗即彭祖，事帝堯。彭祖至七百歲，猶曰悔不壽，恨杖晚而唾遠。」云「帝嚳之玄孫」，與今章句小異。一説：路史：「彭祖以斟雉養性，事放勳，壽七百六十七歲。如熊經鳥申，故多壽。」晏案：莊子外篇刻意云：「吹呴呼吸，吐故納新，熊經鳥申，爲壽而已矣。此道引之士，養形之人，彭祖壽〔一六〕考之所好〔一七〕也。」釋文：「鳥申」，「郭音信。司馬云：『若人之嚬呻也。』」又，劉向列仙傳：「彭祖歷夏至殷末，八百餘歲，常食桂芝，善導引行氣。」漢書王褒傳：「偃仰詘信若彭祖，呴噓呼吸如喬松。」師古曰：「信，讀曰呻。呴噓，皆張口出氣也。」斟，取也。周語注：「雉善鷮。」取其嚬呻，即所謂鳥申也。饗與享同。言上帝何以使之長享大年也？後漢書方術冷壽光傳：「常屈頸鷮息。」章懷注引毛萇注曰：「鷮，雉也。」則知「斟雉」爲導引之術也。

中央共牧后何怒？蠭蛾微命力何固？柳集「蛾」作「蟻」，古字通。

章句：牧，草名也。后，君也。言中央之州有岐首之蛇，爭共食牧草之實，自相啄嚙。以喻夷狄相與忿爭，君上何故當怒之乎？言蠭蛾有蠚毒之蟲，受天命，負力堅固。屈原以喻蠻夷自相毒蠚，固其常也，獨當憂秦、吴耳。

箋云：爾雅釋地：「中有枳首蛇焉。」郭注：「岐頭蛇也。或曰今江東呼兩頭蛇，爲越王約髮，亦名弩弦。」羅願爾雅翼云：「韓非亦稱蟲有螝，一身兩口，爭食相齕，遂相殺也。」螝，古虺字，蓋謂此蛇耳。隸釋楚相孫叔敖碑：「少見枝首蛇。」洪盤洲云：「蛇有二首，謂之枳首。枳讀如枝，亦曰岐首。」案招魂：「赤蟻若象，玄蜂若臺些。」海內北經：「大蜂其狀如螽，朱蟻其狀如蛾。」郭注：「蛾，蚍蜉也。」圖贊曰：「大蜂朱蟻，羣帝之臺。」言中央之蛇，或干帝怒而殺之，而蠭蛾之微，亦肆其螫毒，羣聚于帝臺，何大小之反常也？

驚女采薇鹿何祐？北至回水萃何喜？祐，叶于忌反。

章句：祐，福也。言昔者有女子采薇，有所驚而走，因獲得鹿，其家遂昌熾，蒙天佑之也。萃，止也。言女子驚而北走，至於回水之上，止而得鹿，遂有福喜也。

箋云：此謂夷、齊事也。文選劉孝標辨命論云：「夷叔斃淑媛之言，子輿困臧倉之訴。」李善注引古史考曰：「伯夷、叔齊者，殷之末世，孤竹君之二子也。隱於首陽山，采薇而食之。野有婦人謂之曰：『子義不食周粟，此亦周之草木也。』于是餓死。」五臣注：「夷、齊餓於首陽，白鹿乳之。」又，列士傳：「伯夷、叔齊阨於首陽山，不食周粟，採薇爲食，採葛而衣。時王摩子入山，難之曰：『君隱周山，食周薇奈何？』二人遂不食薇。經七日，天遣白鹿乳之。夷、齊思念此鹿肉食之必美，鹿知其意，不復來，二子遂餓而死。」元遺山集贈張文舉御史詩：「麋乳尚憐孤竹餓，龍頭誰識管寧賢。」用此事也。路史炎帝紀下：「西伯之興，棄周祿，北之首陽山，俾摩子難之。逮聞淑媛之言，遂擿薇終焉，是爲伯夷、叔齊。」羅苹注引類林，以爲「棄薇不食，有白鹿乳之」。餘論三引三秦記：「夷、齊食薇三年，顏色不變。武王戒之，不食而死。」廣博物志：「伯夷、叔齊逃首陽，棄薇不食，白鹿乳之。」又案：回水，即首陽山下之水。漢書王貢等傳序：

「昔武王伐紂，遷九鼎于雒邑，伯夷、叔齊薄之，餓於首陽，不食其禄。」顏監注引馬融曰：「首陽山在河東蒲坂華山之北、河曲之中。」潛邱先生釋地云：「首陽山有五，王伯厚考曾子書以爲在蒲坂者，得之。」回水，指河曲之水也。荀子致仕篇「水深則回」，楊倞注：「回，流旋也。」文選魏都賦「回淵漼，積水深」，劉淵林注：「説文曰：『淵，回水也。』」九章涉〔一八〕江云「淹回水而凝滯。」言北至者，莊子雜篇讓王云：「昔周之興，有士二人，處于孤竹，曰伯夷、叔齊。」「北至于首陽之山，遂餓而死焉。」呂氏春秋季冬紀誠廉亦云：「伯夷、叔齊北行，至首陽之下而餓焉。」萃，聚也。兄弟相聚也。「何喜」云者，訝其視死如歸，欣然就義也。爾雅：「虋，赤苗。芑，白苗。」齊民要術引舍人云：「虋、芑，是伯夷、叔齊所食首陽山草也。」爾雅又云：「薇，垂水。」御覽引廣志云：「薇葉似萍，可蒸食。」然則薇，即回水所生也。

兄有噬犬弟何欲？易之以百兩，卒無禄。兩音亮。

章句：兄，謂秦伯也。噬犬，齧犬也。弟，秦伯弟鍼也。言秦伯有齧犬，弟鍼欲請之，言秦伯不肯與弟鍼犬，鍼以百兩金易之而不聽，因逐鍼而奪其爵禄也。

箋云：柳對云：「鍼欲兄愛，以快侈富，愈多厥車，卒逐以旅。」則以百兩指車言。案左傳昭元年：秦鍼奔晉，其車千乘。晉女叔齊問曰：「子之車，盡于此而已乎？」對曰：「此之謂多矣！若能少此，吾何以得見？」是其事也。

薄暮雷電歸何憂？厥嚴不奉帝何求？

章句：言屈原書壁所問略訖，日暮欲去，時天大雨雷電，思念復至，自解曰：歸何憂乎？言楚王惑信讒佞，其威嚴當日墮，不可復奉承，雖從天帝求福，神無如之何。

箋云：「薄暮雷電」，正呵問之時也。晏案：九歌山鬼云：「雷填填兮雨冥冥，緩啾啾兮狖夜鳴。風颯颯兮木蕭蕭，思公子兮徒離憂。」叔師謂「在深山之中，遭雷電暴雨，猨狖號呼，風木搖動」是也。「歸何憂」，即所云「徒離憂」也。「厥嚴不奉」者，言爲君放逐，不得承奉威嚴，雖號呼于帝而求之，何所聞乎？帝，天也。蓋言問天不應，故天問至是將終矣。

伏匿穴處爰何云？荆勳作師夫何長？悟過改更我又何言！悟，本亦作悮。柳集作「夫何長先」。

章句：爰，於也。云，言也。吾將還于江濱，伏匿穴處耳，當復何言乎！荆，楚也。師，衆也。勳，功也。初，楚邊邑處女與吴邊邑處女爭採桑于境上相傷，二家怒而相攻，于是楚爲此興師，攻滅吴之邊邑，而怒始有功。時屈原又諫言，我先爲不直，恐不可長久也。欲使楚王覺悟，引過自與，以謝于吴。不從其言，遂相攻伐，言禍起于細微也。

箋云：史記吴世家：「初，楚邊邑卑梁氏之處女與吴邊邑之女爭桑，二女家怒相滅，兩國邊邑長聞之，怒而相攻，滅吴之邊邑。吴王怒，故遂伐楚，取兩都而去。」是叔師所本也。

吴光爭國，久余是勝。何環穿自閭社丘陵，爰出子文？

章句：光，闔廬名也。言吴與楚相伐，至于闔廬之時，吴兵入郢都，昭王出奔。故曰「吴光爭國，久余是勝」，言大勝我也。子文，楚令尹也。子文之母，鄖公之女，旋穿閭社，通于丘陵以淫，而生子文，棄之夢中，有虎乳之，以爲神異，乃取收養焉。楚人謂乳爲彀，謂虎爲於菟，故名鬬彀於菟，字子文，長而有賢仁之才也。

箋云：左傳哀元年：「吴師在陳〔一九〕，楚大夫皆懼，曰：『闔廬惟能用其民，以敗我于柏舉。今聞其嗣又甚焉，將若之何？』」所謂「久余是勝」也。此傷楚之無賢，故欲升天入地而求之，以起子文于九京也。

吾告堵敖以不長，何試上自予，忠名彌彰？陸云：試，一作議。彰，亦作章。

章句：堵敖，楚賢人也。屈原放時，告諸堵敖曰：楚國將衰，不復能久長也。屈原言：我何敢嘗試君上，自號忠直之名，以顯彰後世乎？誠以同姓之故，中心懇惻，義不能已也。

箋云：左傳莊十四年：楚子「滅息，以息媯歸，生堵敖」。「楚人謂未成君爲敖」。釋文：「史記作『杜敖』。」

叙曰：昔屈原所作凡二十五篇，世相教傳，而莫能説。天問以文義不次，又多奇怪之事。自太史公口論道之，多所不逮。至於劉向、揚雄援引傳記，以解説之，亦不能詳悉。所闕者衆，多無聞焉。既有解説，乃復多連蹇其文，濛澒其説，故厥義不昭，微指不晢。自游覽者，靡不苦之，而不能照也。今則稽之舊章，合之經傳，以相發明，爲之符驗，章決句斷，事事可曉，俾後學者庶無疑焉。

【校勘記】

〔一〕「軏」，原作「斡」，據説文改。

〔二〕「斡」，原脱，據説文補。

〔三〕「地」，原脱，據楚辭章句補。

〔四〕「𧖴」，原作「恤奭」，據柳集改。
〔五〕「厥」，原脱，據柳集補。
〔六〕「嬪」，原作「濱」，據朱子集注改。
〔七〕「海」，原脱，據山海經補。
〔八〕「狐」，原作「狶」，據朱子集注改。
〔九〕「生」，原脱，據淮南子補。
〔一〇〕「史通」，原作「通史」，據史通乙。
〔一一〕「濩」，原作「獲」，據左傳改。
〔一二〕「周」，原作「殷」，據史記改。
〔一三〕「至」，原脱，據集注本補。
〔一四〕「唾」，原作「睡」，據補注本改。
〔一五〕「終」，原脱，據史記正義補。
〔一六〕「壽」，原作「彭」，據莊子改。
〔一七〕「好」，原作「爲」，據莊子改。
〔一八〕「涉」，原作「陟」，據集注本改。
〔一九〕「陳」，原脱，據左傳補。

圖書在版編目(CIP)數據

楚辭天問箋 /(清) 丁晏撰;黃靈庚點校. —上海:上海古籍出版社, 2018. 11
(楚辭要籍叢刊)
ISBN 978-7-5325-8958-6

Ⅰ. ①楚… Ⅱ. ①丁… ②黃… Ⅲ. ①《天問》—文學研究 Ⅳ. ①I207. 223

中國版本圖書館 CIP 數據核字(2018)第 178519 號

楚辭要籍叢刊

楚辭天問箋

[清] 丁晏 撰

黃靈庚 點校

上海古籍出版社出版發行

(上海瑞金二路 272 號 郵政編碼 200020)

(1) 網址: www. guji. com. cn

(2) E-mail: guji1@guji. com. cn

(3) 易文網網址: www. ewen. co

上海展强印刷有限公司印刷

開本 850×1168 1/32 印張 3. 375 插頁 3 字數 56,000

2018 年 11 月第 1 版 2018 年 11 月第 1 次印刷

印數: 1—3,100

ISBN 978-7-5325-8958-6

I·3312 定價: 22. 00 元

如有質量問題,請與承印公司聯繫